MARCELO ELO ALMEIDA

NHORRÃ

Rastros, caminhos e descaminhos da escravidão

Labrador

© Marcelo Elo Almeida, 2024
Todos os direitos desta edição reservados à Editora Labrador.

Coordenação editorial Pamela J. Oliveira
Assistência editorial Leticia Oliveira, Jaqueline Corrêa
Projeto gráfico e capa Amanda Chagas
Diagramação Heloisa D'Auria
Preparação de texto Vinícius E. Russi
Revisão Daniela Georgeto
Imagens de miolo Geradas via prompt Midjourney
Imagens de capa Geradas via prompt Midjourney
e editadas por Amanda Chagas

Dados Internacionais de Catalogação na Publicação (CIP)
Jéssica de Oliveira Molinari - CRB-8/9852

Almeida, Marcelo Elo
   Nhorrã : rastros, caminhos e descaminhos da escravidão /
Marcelo Elo Almeida. – 1. ed.
   São Paulo : Labrador, 2024.
   176 p. : il.

   ISBN 978-65-5625-567-5

   1. Ficção brasileira 2. Escravidão – Ficção I. Título

24-1320   CDD B869.3

Índice para catálogo sistemático:
1. Ficção brasileira

Labrador

Diretor-geral Daniel Pinsky
Rua Dr. José Elias, 520, sala 1
Alto da Lapa | 05083-030 | São Paulo | SP
contato@editoralabrador.com.br | (11) 3641-7446
editoralabrador.com.br

A reprodução de qualquer parte desta obra é ilegal e configura
uma apropriação indevida dos direitos intelectuais e patrimoniais
do autor. A editora não é responsável pelo conteúdo deste livro.
Esta é uma obra de ficção. Qualquer semelhança com nomes, pessoas,
fatos ou situações da vida real será mera coincidência.

Aos meus ascendentes,
Adilson (*in memoriam*) e Maria Aparecida,
gratidão pela minha existência.

Aos meus descendentes,
Gabriel, Mariana, Oliver e Amelie,
que, pelo amor, tudo justificam.

A quem sempre esteve ao meu lado,
minha amada Claudia,
todo meu amor e gratidão.

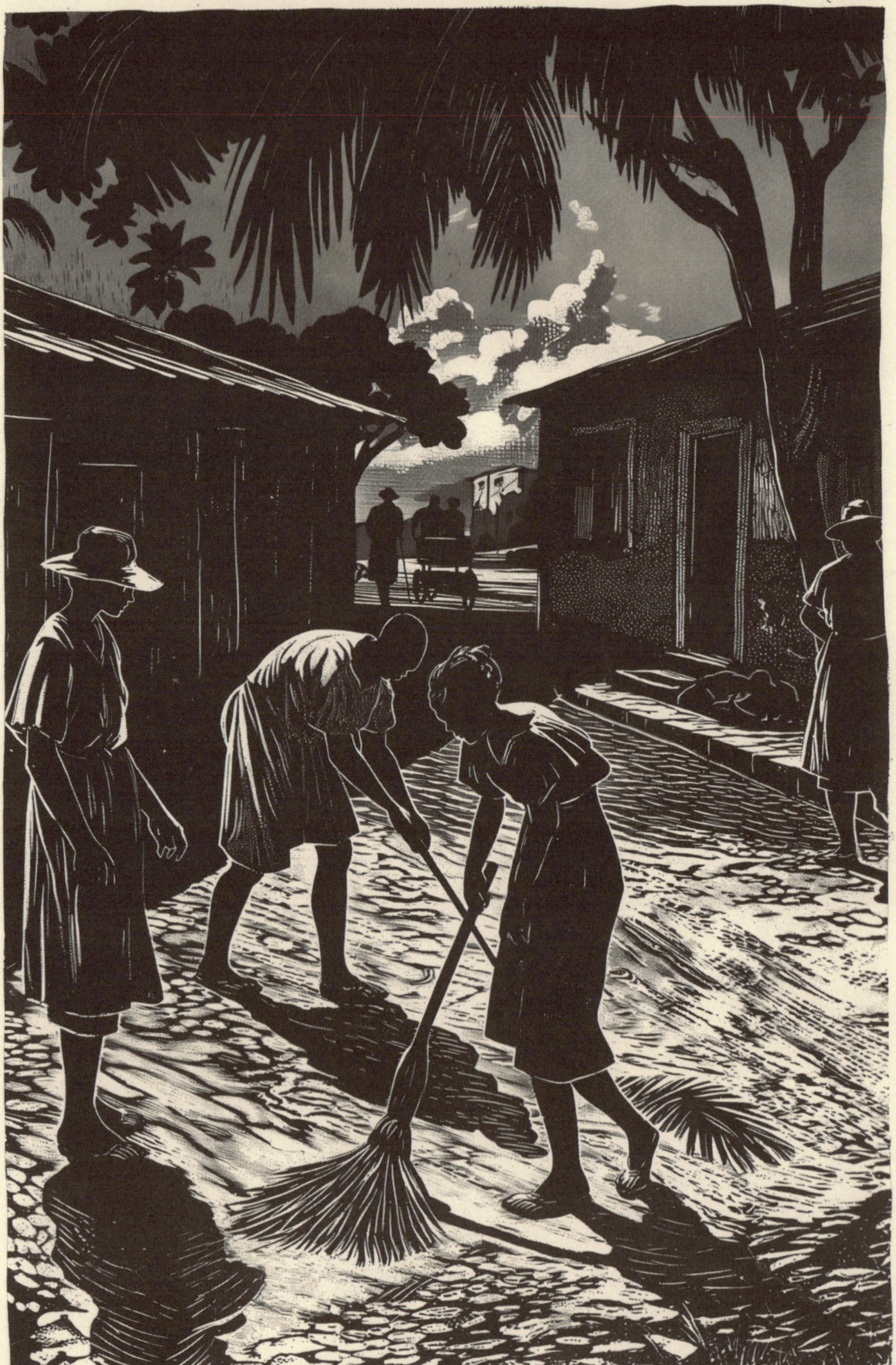

PARTE I

O sol brilhava nos troncos negros e úmidos, semicurvados sobre os grãos à frente, rodos a revolvê-los, barulho monótono e constante da fricção do instrumento de madeira com os grãos e destes com o chão do terreiro.

— Para de moiá os grão, ô baiano, apruma esse corpo, tá pingando suó! Ansim essi café num vai secá nunca! — A voz autoritária rasga a tarde, sem, porém, sobressaltar ninguém. — Lá na tua terra num tinha café não, é?

— Não, sinhô.

— Alguém te pergun... — Para a sorte de Pedro Mina, com bacalhau em riste, o feitor interrompe a fala e a caminhada na direção do escravo recém-chegado para atender ao chamado.

— Ô Prudente! Antero! Venham cá! — Vem da varanda o grito de quem só se vê o chapéu, corpo largado sobre a cadeira de balanço. Não precisa de mais, a voz é conhecida de todos.

De imediato, ouve-se o sino, ordem de descanso após várias horas de trabalho desde o café do meio-dia.

— Só o tempo de bebê água!

Vagarosamente, marcham em direção à sombra das senzalas dos fundos do terreiro, fronteira de pau a pique do cafezal que se perde de vista nas curvas dos desníveis e do alto dos morros. Alguns deixam-se cair, pesados, sob as sombras, outros sentam em troncos de madeira, todos bebem água. Administrador e feitor não tardam.

— Sim, Barão. — Antero se apresenta.

— Pois não, Barão? — Chapéu numa mão, lenço na outra secando testa e fronte, Prudente está de pé ao lado de Antero e de Barão, que está de olhos semicerrados, a modorra irresistível daqueles que se encontram parados sob o mormaço.

— Onde está sendo feita a colheita, Antero?

— Lá nos pés da pedreira, Barão.

— Tão longe? Por quê? E os pés da beirada do rio?

— Tem muito pouco fruto, Barão. Já vai pra mais de vinte anos que nós plantamos aqueles pés. Não compensa mais colher, não. É melhor deixar pra negrada. Nem muda tá dando mais.

— É, tem jeito não. — E virando-se para Prudente. — Assim que terminar a colheita, vamos ter que derrubar o resto da mata.

— Sim, Barão. Mais num tem escravaria qui basta. Capiná esse mundão todo inda derrubá cinco arqueire de mata! — Prudente eleva o tom de voz, agitado pela futura sobrecarga de trabalho.

— Eu vou alugar uns vinte escravos com o vizinho. O homem tem pra mais de trezentos!

— Tinha, Barão. Semana passada fugiu um monte. Fora os qui ele já vendeu.

— Como? Não é possível! Culpa desses abolicionistas! Tem até fazendeiro dizendo que vai libertar todos os escravos! Mas comigo, não. Paguei caro por eles! Dou de comer, de morar, dou roupa! Até médico da cidade eles têm! Eu pago os domingos de trabalho, Prudente! Se um dia essa tal da Abolição sair, o Imperador terá que nos indenizar.

— Tá certo, Barão. Tão dizendo lá na cidade qui é questã di tempo. Si nois derrubá aquela mata, num vai está mais ninhuma árvore di pé, Barão. Num sobrô nada.

— Eu sei, Prudente. Mas terra é pra dar de comer. Se essas aqui já não produzem mais, a gente derruba esse resto.

O Barão tira vagarosamente as botas do parapeito da varanda, levanta o corpanzil da cadeira de balanço, coloca as mãos na cintura e, olhando o cafezal sem grãos em plena época de colheita ao fundo, proclama:

— O Império é o café, o café é o vale, e o vale somos nós, Prudente!

Após o breve intervalo, a lida se estende até o sol baixar. Enquanto alguns ainda revolvem os rodos, um grupo recolhe os primeiros grãos da safra prontos para a despolpa. Logo chegam os trabalhadores do eito, carroças abarrotadas de jacás, por sua vez abarrotados de café, os quais são despejados na área livre do terreiro separada para os grãos úmidos. Findo o trabalho, tudo é coberto, proteção contra o sereno de fins de abril, e os escravos, mecanicamente, se colocam em fileira à frente da senzala para a chamada. O administrador começa:

— Manuel, Ifigênio Crioulo, João, Inácio e Filismino?

— Sinhô. — Os escravos respondem em uníssono.

— Maria Crioula, Inácia Luanda e Ana Cabinda? Levanta mão.

— Aqui, sinhô.

— Pedro, Vicente Crioulo, Bartolomeu Caboré, Benedito Cambá e Chico Benguela?

— Sinhô.

— Maria, Isabel, Benta e Francisca Crioula? Filomena Congo?

— Sinhô.

— Damião, Cosme Carpinteiro, Martinho, João Velho, João Novo, Brás, João Sabino e Estevão Manco?

— Aqui, sinhô. — Quase todos respondem.

— Cosme?!?! Responde, Cosme! Quédi esse crioulo? — Dessa vez é Prudente quem insiste.

— Aqui, sinhô.

A chamada continua ainda por mais alguns minutos, todos presentes. Antero volta-se para os baianos recém-chegados e lhes pergunta seus nomes:

— Paulo Mina, sinhô.

— Pedro Mina, sinhô.

— Merenciana Mina, sinhô. — Antero olha a nova aquisição da fazenda Santo Antônio de cima a baixo, repara na sua juventude, atesta a rigidez da carne dos braços e conta os dentes que faltam.

— Magra, mas forte. O Barão sabe escolher escravo. Vai poder trabalhar no cafezal. E você, crioulo?

— Prudenti, sinhô.

— Prudente? Prudente não pode. Prudente é o nome do feitor. Ô Prudente, qual é o santo de hoje?

— Hoji seis di maio, dia di São Domingo, sô Antero.

— A partir de agora, você vai se chamar Domingos. Domingos Mina.

— Eu num sô Mina, sinhô.

— Não é Mina, olha só, Prudente. Ele não é Mina, mas a partir de agora é Domingos. Então você é o quê, baiano?

— Eu sô Domingo, sinhô.

— Então agora você é Domingos Baiano. Prudente, libera os forros e coloca todos os outros pra dentro das senzalas. E fecha com cadeado.

— Sim, sô Antero. Vamo, negrada, pra dentro. Hoje num tem janta. — Um murmúrio se ouve entre os escravos.

Bartolomeu Caboré, Ana Cabinda, Chico Benguela e Inácia Luanda se dirigem para suas palhoças atrás da senzala, dois casebres de pau a pique sombreados por uma gameleira e rodeados por pés de milho e de mandioca. O lusco-fusco, ao som atordoante das cigarras, não chega a atrapalhar a marcha daqueles libertos pela picada irregular e sinuosa. Algumas dezenas de metros e já se encontram à frente dos batentes sem porta, tateando em busca das candeias.

— Binidito, vô prepará uma gamela de angu. Suncê leva pla senzala? A lida hoje foi dula, ficá de barriga vazia é muito luim. Suncê ajuda eu, Inácia?

— Levo, mia pleta. Aqui fubá. Vô buscá água. Quédi cabaça? Aqui. Já vorto.

Em menos de meia hora, o angu está pronto. Enquanto se dirigem para a senzala, Chico arranca no caminho algumas folhas de bananeira que servirão de prato. Já recolhidos o administrador e o feitor aos seus quartos, Bartolomeu e Chico vão passando por entre as grades de taquara os parcos punhados de angu, enquanto ouvem murmúrios de agradecimento. Do outro lado, Bartolomeu vai repassando os embrulhos aos cativos que não tardam em comê-los à luz da lua filtrada pelas taquaras.

O Barão já não tinha mais lembrança de quando começara a acordar antes do sol. Nem mesmo os galos atrapalhavam seu sono, sempre semidesperto, ainda mais naquela noite de lua cheia. O barulho das botas sendo calçadas acima de sua cabeça era o alerta para Clementina se levantar no porão e se apressar em fazer café; não qualquer café, mas o daqueles grãos que o Barão diligentemente separava para seu consumo. O seu café. Na sua caneca. De pé na varanda sobre os porões que sustentam toda a casa-grande, observa a sua propriedade, misto de orgulho e apreensão. Sem olhar para o lado, recebe de Clementina café e broa de milho.

Do alto, algumas dezenas de metros à sua frente, da mesma largura da casa-grande, telhado e paredes de barro e taquara formam um conjunto desolado. Abrigo de algumas dezenas de escravos, em tempos idos fora espaço para mais de uma centena deles. Agora, só a área central estava ocupada, servindo as laterais como depósito de toda ordem: enxadas, foices, podadeiras, marretas, cavadeiras, vassouras, carroças, arreios, ferraduras, martelos, pregos, alicates, cintas, barrigueiras, sacos para café, peneiras, cordames, cordas, barbantes, restos de couro, serras, serrotes, enxós, machados, gargalheiras e vira-mundos enferrujados. Tudo do prestável e do imprestável.

À esquerda, uma carreira de pranchas de sucupira entelhadas, outrora as árvores mais robustas da mata virgem, servindo de mesa para a separação de grãos. Cobrem toda a extensão lateral da casa-grande até a senzala. Serviço das escravas, das crianças e dos mais velhos, nem por isso era mais leve: passar horas a fio, em pé, a fazer a catação. Ao menos o sol não castigava os designados para a função, e, por isso mesmo, o ritmo era mais intenso. Dos grãos bons, apartar os piores. Dos piores, separar os ainda servíveis. O que resta, os inservíveis, são o café de todas as manhãs dos negros. Depois, era passar os grãos no moinho de pilões. Movido à água, obrigava que o maquinário ficasse localizado ao lado do ribeirão, que, àquela época do ano, ainda fornecia energia suficiente para a despolpa. Os ventiladores, tocados a braço humano, retiravam o refugo, a fina camada de poeira que entrava para os pulmões e saía em forma de catarro, cuspe e sangue.

À direita, fechando o quadrilátero, a antiga sede da fazenda virou depósito onde o café, embalado em sacas de couro cru, espera os tropeiros que o levarão até a estação de trem do Desengano. Naquele início de safra, o espaço ainda se encontrava bem vazio, e a primeira remessa ainda esperava pelas mulas de José Bento.

No centro, o terreiro, coração da fazenda, onde nada passa despercebido, visível de todos os cantos, por onde todos circulam e onde todos sempre têm algo para fazer. Estar no seu centro e olhar para o poente significava deparar-se o tempo todo com o poder à sua frente, a clausura da senzala às suas costas e muito serviço sob seus pés. Acima da altura de seus olhos, ele, o Barão; acima de sua cabeça, a cruz; e, acima do telhado, rasgando o céu, as pontas das palmeiras imperiais.

Em um dos cantos, as tulhas, àquela época ainda quase vazias.

Em outro, mais adentrado no quadrilátero, visível de todos os cantos do terreiro, o velho tronco com suas argolas de ferro.

Na varanda da frente, só usada para receber visitas importantes cada vez mais raras, as palmeiras imperiais como sentinelas daquele espaço sem tempo.

— Quédi o Antero e o Prudente, Clementina?

— Vô chamá, sinhô! — A negra, depois de acordar Antero no quarto dos fundos, desce as escadas da varanda, cuidando dos degraus irregulares que, à falta de luz, já lhe torceram o pé mais de uma vez. Bate à porta do porão e, antes que fale qualquer coisa, escuta:

— Já tô indo, negra velha! — Voltando-se para o lado, sussurra: — Espera eu sair, dispois suncê sai, mas não espera clarear.

Em pouco tempo, administrador e feitor já se encontram ao lado do Barão:

— Bom dia, Barão!

— Antero, quando é que o Zé Bento vem? Se não pegar o trem desta semana, só daqui a dez dias.

— Amanhã, Barão, terça. Mas não dá tempo de secar o café do terreiro. Só pra semana. Aí dá pra arrear cem sacas, Barão.

— Então, pode começar a lida mais cedo hoje. Secar o máximo de café. E rezar para não chover até terça que vem.

— Certo, Barão. — Antero volta-se para o feitor. — Prudente, abre a senzala e manda D. Inês fazer café pra tropa e pega os tabuleiros de broa lá no porão. Se deixar em qualquer lugar, essa negrada dá jeito de comer tudo.

O Barão retoma a palavra:

— E pode dar uma folga no sábado se eles derem conta, Antero. Mas coloca todos para trabalhar no eito: velhos, o pessoal das roças e da criação.

Os raios de sol que atravessam as grades de taquaras ainda não são fortes o suficiente para acordar os cativos, mas a voz de Antero, sim. Aos poucos, vão fazendo fila ao longo da senzala; alguns correm até o mato para esvaziar a bexiga antes que a chamada comece; outros, zonzos de sono, não entendem por que estão sendo acordados uma hora mais cedo. Em pouco tempo, todos estão perfilados em frente à senzala.

— Barão mandô dizê qui hoji o trabaio tem qui rendê mais. Se nois carregá todas as mula do Zé Bento, sábado não tem eito nem terreiro. Vai sê dia di discanso. Vamo! Puxa a reza, Filismino.

— Padri-nosso qui estaizi nos céu/Sanificadu seje vossu nomi/Seje feita vossa vontadi/Ansim na terra como nu céu/O pão nossu di cada dia nus dai hoji/Perdoai nossa dívida ansim como nois perdoamo os nosso devedô/E não nus deixei caí em tentação/Maisi livrai-nu du mar/Padri-nosso qui estaizi nos céu/Sanificadu seje vossu nomi/Seje feita vossa vontade/Ansim na terra como nu céu/O pão nossu di cada dia nus dai hoji/Perdoai as nossa dívida ansim como nois perdoamo os nosso devedô/E não nus deixei caí em tentação/Maisi livrai-nu du mar/ Padri-nosso qui estaizi nos céu/Sanificadu seje vossu nomi/Seje feita vossa vontade/Ansim na terra como nu céu/O pão nossu di cada dia nus dai hoji/Perdoai as nossa dívida ansim como nois perdoamo os nosso devedô/E não nus deixei caí em tentação/Maisi livrai-nu du mar/Amém.

— Sarve Nosso Sinhô Jesus Cristo! Sarve! — Prudente puxa o coro.

— Sarve! — respondem os crioulos.

— Salavá! Saravá! — Chico Benguela e outros africanos também respondem.

— Para sempre seja louvado! — Prudente fecha a reza.

Terminada a oração, o café dos grãos inservíveis é servido em grandes bules, o mesmo com a broa de véspera. Em pouco tempo, só farelos sobre os tabuleiros.

— Licença, sinhô.

— Já tá aqui, Chico Benguela? Fala.

— Balãozim vai dexá songo, sinhô?

— Num sei, Chico. Si o serviço num rendê, certo que não. Vamo a vê! Quem é di roça, roça; quem é di terrêro, terrêro; e o resto, cafezar! — E, virando-se para a fila indiana que começava a marchar em direção aos cafezais da pedreira, grita: — Semana toda tem qui enchê cinco cesto di arqueire pro terrêro. Si não, num tem forga sábado! E sem grão verde! — Essa última, tarefa impossível, bem sabe Prudente.

Até aos cafezais, uma hora de marcha num ritmo que o sol nascente ainda permitia. De barulho, apenas os canários que chamam o dia e o arrastar de dezenas de passos sobre a terra seca. Vez em quando, um farfalhar no mato.

— Nhorrã! Nhorrã! — Chico Benguela não se contém de pavor.

— Adonde, Chico? Num tem nada! Ela ficô cum medo di suncê. Já foi!

Em qualquer lugar, cobras são cobras. E, quando seu veneno deixa sequelas, acama por semanas e quase faz perder a perna, resgata a língua materna (nhorrã). Após o susto, retomam a marcha, e Inácia, vigilante, coloca-se atrás de seu parceiro de lida e de vida, agora um pouco mais manco.

Logo cada escravo assume sua carreira de arbustos. Feitos os montículos com folhagens e galhos para reter os grãos que caem, engancham a peneira à cintura. Mãos nuas puxam dos galhos as bolotas vermelhas e arroxeadas. Pedaços de galhos, folhas, tudo vai para o trançado de varetas que todos apoiam em seus quadris. Peneira cheia, tudo ao ar. Primeiro caem os grãos, o refugo recobre o café, e as mãos em concha o jogam ao chão; os grãos vão para os cestos.

E a rotina se repete até a hora do almoço, para conseguirem a folga prometida. A carroça com gamelas de angu, feijão e água não tarda, trazida pelas pretas Ana e Maria. Junto com elas também vem Joaquim, menos de um ano, nos braços de Maria, que o entrega à mãe, Isabel, ávido pelos seios que já vazam. As carreadoras aproveitam para se juntar ao grupo dos trabalhadores do eito, e todos comem juntos, os feitores apartados, sentados nas sombras das fileiras.

Chico Benguela joga um punhado de sua comida no chão antes de levar a primeira porção à própria boca, o que provoca uma imediata indagação de Pedro Mina.

— É prus amigu d'além. — A resposta é olho no olho.

— Seu Chico parece que nunca viu cobra! — Cosme, zombeteiro, quebra o silêncio da fome. O comentário arranca alguns risos abafados.

— Lespeita, luleque! Suncê acha qui nasci com pelna ansim?

— Discurpe, seu Chico! Que foi que o sinhô gritou?

— Nhorrã, corba di veneno. Picô eu na minha tera.

— Como que foi, seu Chico?

— Nois tava em fuga dos inimigo. Ela esculo, invadiro ardeia pra pegá nois discravo. Eu cori, cobra picô eu. Senti muita dô, pelna inchô e num cori mais. Aí elis pegô eu, fio i pai. Levô nois pla quitanda, pla feila. Tlocô eu pu cachaça, cachaça du Blasil. Dispois, andemo dia até polto. Cluzemo lio e mata. Num sei como vivi. Nunca viu má. Uoma. Muito medo. E vim palá aqui.

— Quem qui ti pegou, sô Chico?

— Nossu inimigu du nolte. Eu ela ferêro, fio do soba. Tela di lamba. Eu ia vilá soba tomém, um dia...

— I nomi Chico Benguela?

— Ansim qui cheguemo no polto. Dia di São Flancisco. Vim do polto di Benguela, fiquei Chico Benguela. Eu quelia meu nome divorta: Itombe.

— Quem qui veio junto com o sinhô? Seus fio, quédi?

— Nois foi sepalado no polto. Num sei pla onde foi. Kalani hauxi. Eu tenho doença... Renda. Sodade. Aiué... Mas suncê, Cosmi, nasceu aqui, tem solte. Num peldeu fio nu caminho.

Inácia intervém na conversa:

— Eme tuala nikamona. Eu tenho fiinho. O muene kukata. A merma dô...

— Sunceis era casado na África?

— Não, nois conhecemo na ingolda do polto.

— Ingorda? Qui nem qui porco?

— Isso, nois chegô muito maglo, quasi molto. Si não faiz ingolda, sinhô num compla. Candu nois já tava no ponto, o pai do sinhô complô nois, né, Inácia? Só nois. Num quiz tlazê nossos fio... Ô dô! Aiué!

— É... Eu falou: Van'ami aginzola... Meus fio mi ama... Suncê dissi: Etu ki tuala ringi ni amona... Nois num tem mais fio... Aiué!

O feitor e os capatazes acabam por adormecer à sombra dos cafezais do pé do morro, do que Cosme se aproveita para alongar a conversa:

— Conta mais, pai Chico!

— Eu ela umbundo, fio do soba. Ela ferêro, eza pursêra aqui ó! Eu fizo no Áflica. Mia lunga. Lunga qui pai deu candu mureu jaula da quitanda. Faize chuvê e pranta cresce. Kiximbi. Muito pudê. Candu inimigu pegô nois, iscondí malunga nu meiu das corente disclavo. Eu manca muito caminhada até polto. Peguemo balco inté navio. Eu num sabi nadá, casi mori. Uoma! Nois ficô tempo todo polão, pôca água, pôca cumida. Muita noiti e muito dia nu má.

Uoma. Nois só comia karima, falinha di mandioca i pôco di calne seca. Meus fio cumia plimelo. Só dispoisi eu cumia sobra. Denti caiu tudo. Disêro qui ela mar di Luanda. Maizi no Áflica eu tinha todos denti. Ela mar du má. Nu polão, homi ela sepalado das muié, num pudia chegá pelto. Malinhêlo castigava. Nu polto du Blacuí eu viu Inácia...

— ...Eu ela Nzinga. Mudalo nomi pla Inácia.

— Nu má as veizi nois uvia baluio di noiti. Coisa pesada caindu nu má. Notro dia nois num via maizi malungo. Uoma. Eu num pudia pegá huaxi. Num quilia murê nu má. Lugá di Itombe é tera filme. Lugá di vivê é lugá di murê. Muita dô di barriga. As veizi balco mixia muito. Candu cheguemo us homi du polto num sabia pluquê eu suria. Num palava di surí. Itombe num mureu nu má. Eu suria. Num tinha maizi denti maizi suria. Levô nois pla tlapichi e deu cumida pá nois dia i noiti. Dispoisi di simana, sinhô paleceu. Num gostô minha boca, maizi eu ela jovi i tava maizi folti. Complou eu i Inácia. Só nois. Nosso fio sinhô num quisi. Aiué! Nois num sabi inté hoje ondi elis folo. Ngola. Cacuco. Bango. Tudo nu mundo.

— I suncê, mãe Inácia? — Cosme olha de lado, feitor e capatazes continuam seu cochilo.

— Meu nomi ela Nzinga. Guera cabô cum aldeia. Us qui vivêlo foi tudo plu Cassanje. Fumo di canga nu pescoço e corente nus pé. Muito dia nu mato inté chega fêla. Lá vindia di tudo, inté isclavo. Dispoisi nois foi pla polto di Luanda. Maisi dia di pé nu mato. Uoma! Medo di homi blanco cumê nois. Uoma! Medo di murê nu má. Muito dia nu má. Só falinha pla cumê, pôca água. Balco bambão. Às veizi cumida voltava tudo. Kikumbi. Muito malungo ficô nu má. Amigu. Nu Blacuí sepalô eu i meu fio Bango. Aiué! Bango, meu fio! Aiué! Chico contô eu qui peldeu us fio tomém. Ficalo tudo pla tlaisi. Aiué! Chico escola eu. Eu escola Chico. Ansim nois vivi. Aiué! Maisi dispoisi mãe di sunceis mureu nu palto. Sinhá Ineis batizô unceis: Cosmi i Damião. Ngongo! E eu cliei sunceis. Aiué! — Inácia tem os olhos enevoados de lembranças e catarata.

— Ibeji! — intervém Paulo Mina. — Na minha terra vanssuncêis é Ibeji. Vanssuncêis é dois i é um. Fios di Oxum. Vanssuncêis cura feitiço qui nem os santo.

— Suncêu viu isso, Damião?! Nois é curandêro!

— Uvi, Cosmi! — Damião arregala os olhos. — Maisi num quirdito. Minha Nossinhora! Meu São Binidito! Meus santo é católico!

— Suncê tá inganado, Paulo! Curandêro aqui é Pai Chico! Curandêro i adivinhadô!

O gemido de Inácia havia despertado Prudente:

— Ara! Levanta, cambada! Serviço vai atrasá! Ansim num vai tê forga no sábado! — O diálogo é interrompido, e o serviço, retomado. Cada qual havia parado a uma altura diferente de sua carreira. Como de costume, mas discretamente, os mais novos assumem as carreiras atrasadas dos mais velhos, estratégia da qual os feitores até então não haviam se dado conta.

— Ô Cosme, por quê suncê tá nessa carreira? — Prudente lança um olhar mais irritado do que desconfiado.

— Xi, sinhô! Tô errado... — Cosme disfarça. — Sô Chico, vamo distrocá.

Morro abaixo, o ritmo é irregular. Alternando um escravo mais velho com um mais jovem nas carreiras de pés de café, esses vão acelerando ou desacelerando conforme o vagar daqueles. E ai dos mais novos que não respeitassem a regra. "Meu cinto vai vilá cobla i ti picá, luleque" era a ameaça de Chico Benguela ou dos outros idosos. No pé do morro, acabam por chegar quase juntos e já marcham para as outras carreiras, ainda salpicadas de vermelho e roxo.

Morro acima, aproveitam para ir preparando os montículos que irão reter os grãos. Lá, o trabalho de descida é retomado, o mesmo ritmo compensado entre velhos e novos, sem chegar a igualar as posições para não despertar a desconfiança dos feitores. A estratégia vira hábito, e o ritmo mais lento fica naturalizado. Mas a promessa de folga no sábado exige um pouco mais de cada um, inclusive de Seu Chico Benguela. A cantoria surge naturalmente:

— *Terrêro tamanho*
Cidadi sem fim
Tanto jonguêro di fama
Corri di mim — cantam algumas carreiras.
— *Terrêro tamanho*
Cidadi sem fim
Tanto jonguêro di fama
Corri di mim[1] — respondem as outras.

A lida fica mais leve. Por vezes, quebrando a monotonia, um escravo puxa o desafio:

— *Macaco véio, macaco véio*
Cafezar já morreu
Comê u quê? Comê u quê?

A resposta não tarda:

— *Macaco num morri com o chumbo*
Morri no laço de batê.

Quando se dão conta, a cota de cinco cestos de alqueire já está cumprida. Hora de voltar, a secagem espera. Mas a cantoria puxada por Chico Benguela não:

— *Diabo de bembo. Não dexô eu vestí carça.*
Não dexô vestí camisa.
Não dexô vestí chapéu.
Diabo de bembo. Não dexô eu vestí carça.

---

1 HUNOLD LARA, Silvia; PACHECO, Gustavo (orgs.). *Memória do Jongo:* as gravações históricas de Stanley J. Stein. Rio de Janeiro: Folha Seca, 2007.

Não dexô vestí camisa.
Não dexô vestí chapéu.

Mais de hora de caminhada, a chegada já é com o sol se pondo por entre os topos das palmeiras imperiais, a luz oblíqua lançando as sombras alongadas dos negros pelo terreiro. O sino toca repetidas vezes:
— É as Ave-Maria. Sarve, Nossa Sinhora!
— Sarve! Salavá! Saravá!
O sino cessa, o silêncio se impõe por pouco tempo. É a vez de Cosme:

— Com tanto pau no mato
Imbaúva é coroné.

— Silêncio, Cosme! Vai incomodá o Barão! — Prudente não permite que o jongo seja respondido.
— Deixa, Prudente! É bonito de ouvir! Deixa! — Uma voz macia vem de uma das janelas dos quartos da casa-grande.
— Muda a cantoria, negrada! Sinhazinha mandô continuá! — ordena Prudente.
Enquanto cantam, a lida não para. Sol que desce, lonas que se levantam. O café recém-colhido, depois de esparramado no terreiro, é coberto contra as improváveis chuvas do início de maio. Ato contínuo, todos migram para a catação. As tábuas de sucupira, todas tomadas de grãos e mãos negras, mudam de cor. À luz das candeias, o jongo ainda se ouve:

— Aquele diabo di bembo zombô di mim
Num tenho tempo di abotoá minha camisa,
Aquele diabo di bembo zombô di mim.

— Saia já dessa janela, menina!

— Já vou, mamãe! — Antônia se tarda um pouco mais observando o trabalho sem fim dos negros reunidos em torno da mesa e dos moinhos de pilões.

— Tonica! Cadê essa menina?

— Aqui, mamãe! A senhora precisa de mim?

— Você sabe de suas irmãs?

— Maria do Rosário estava na capela, e Leocádia está no quarto com a Dita, mamãe.

— O querosene está acabando. Pegue um pouco mais na despensa, Tonica. E vem me ajudar a colocar linha nessa agulha. Parece que o buraco diminuiu — pede D. Inês, enquanto franze o cenho em vão.

— Que é da chave da despensa, mamãe?

— Tome! E não se esqueça de trancar de novo.

Antônia retorna:

— Nossa, mamãe! Quanta quitanda diferente nas prateleiras! Bacalhau, vinhos, licores, geleias... até uísque! A senhora vai dar uma festa, mamãe?

— Ideia do senhor seu pai, minha filha. Mandou buscar lá na cidade. Ele vai receber o senhor Benevides, do Banco do Brasil. Seu pai mandou um telegrama para o senhor Aureliano. Ele está vindo às pressas lá do Rio de Janeiro. Deve de chegar no trem de amanhã. O senhor seu pai vai mandar a banda tocar e já chamou o padre para rezar missa na capela. E mandou matar um capado.

— Nossa, mamãe! Vai ser uma festa! E eu não tenho nenhum vestido!

— E o que você acha que eu estou adiantando aqui? Anda, pega a fita lá em cima da Singer. E tem outra novidade. Sabe quem está no escritório agora proseando com seu pai?

— Proseando com papai? Não, mamãe.

— O Felipe, filho do dono da venda da Estrada do Werneck. Sabe quem é, minha filha? — D. Inês exagera na casualidade da voz.

— Não, minha mãe. — Antônia olha para o outro lado, sem conseguir disfarçar uma leve hesitação antes de responder.

— Pois então. Mas pelo jeito ele te conhece... Vai servir um refresco de maracujá com biscoito para eles. Vai!

— Claro, mamãe!

Antônia agora não hesita, se agita. Sai do cômodo de costura direto para a cozinha, não sem antes dar uma furtiva olhada em direção à sala, mas não consegue ver ou ouvir o que se passa no interior do escritório. Na cozinha, pede a ajuda de Clementina. A velha escrava para de debulhar o milho e vai buscar a bandeja que Antônia não encontra:

— Aqui, menina! Minha Nossinhora du Rosário! Sinhazinha tá moiando tudo! Ansim, qui qui moço vai pensá di suncê?

— Moço? Que moço?

— Ih! Ih! Ih! Vai pensá que sinhazinha num sabe nem serví um biscoito! Qui num servi pra casá!

— Ah, Clementina! Dá isso aqui! — Antônia vai corredor afora, bem devagar, com os copos até a borda, mas acaba por entornar o refresco, respingando sobre os biscoitos. Volta para a cozinha, ainda mais agitada: — Me ajuda, Clementina! — Antônia senta na banqueta encostada contra a parede, sem parar de tamborilar sobre a mesa. Clementina limpa a sujeira, troca os biscoitos por outros secos, serve apenas copos de refresco pela metade e coloca a jarra na bandeja bem no centro.

— Sinhazinha qué qui Clementina levi? Clementina podi separá tiquinho pra sinhazinha levá pra trais da irguêja dispoisi da missa di domingo? Aí sunceis comi em paiz.

— Não, me dá isso aqui. E não vá dar com a língua nos dentes, Clementina. — Antônia parte, agora um pouco mais lenta, ouvindo ao fundo a negra "Ih! Ih! Ih!".

Antônia volta pelo outro corredor, o dos quartos das irmãs, passa pela sala de jantar quase tropeçando no tapete enrugado e, por sorte, encontra a porta do escritório apenas encostada, o que lhe permite abri-la com a ponta do pé. Felipe se levanta de um impulso:

— Posso ajudá-la, senhorita? — pergunta Felipe.

— Não precisa, senhor Felipe. — Eles se esbarram, o que faz com que a segunda leva de biscoitos fique também encharcada. — Ai, minha Nossa Senhora! Eu vou buscar um pano.

— Perdão, senhorita Antônia. A culpa foi minha.

— Eu já volto. — Antônia sai, encosta a porta, mas, ao perceber que a conversa é retomada, aguarda.

— Como eu ia lhe dizendo, senhor Felipe...

— Pois não, senhor Barão!

— Como eu ia lhe dizendo, o mundo tem uma ordem, uma sequência certa dos eventos. Depois do plantio vem a colheita. Fevereiro só chega depois de janeiro. Concorda comigo, senhor Felipe?

— Sim, Barão!

— O filho vem depois do pai, que só pode vir depois do avô. Nunca antes!

— Certo, Barão!

— Então, você acha que a janta sai antes do café da manhã?

— De jeito nenhum, Barão! — Felipe não entende a pergunta, mas responde de imediato, sem demonstrar seu estranhamento.

— Você ainda não entendeu, não é? Vou ser mais claro. Eu tenho três filhas. Senhorita Maria do Rosário tem vinte e quatro anos, senhorita Leocádia tem vinte e um, e Toniquinha, quer dizer, senhorita Antônia, tem dezoito. A senhorita Maria do Rosário é o café da manhã, e o senhor veio me perguntar pela janta? Na minha casa, o café da manhã sai primeiro, o almoço depois e só depois dessas duas refeições que o jantar é servido! Entendeu agora? — O Barão levanta-se, dando a conversa por encerrada. — Senhor Felipe, mande meus cumprimentos ao senhor seu pai, seu Zeca!

— Sim, Barão!

Felipe levanta-se, atordoado. Não tem reação ante a tão firme e inusitada resposta aos seus anseios. Antes que alcançasse a porta, porém, Antônia já havia atravessado a sala de jantar e chegava ao quarto de costura, deixando pelo caminho respingos de maracujá, copos e bandeja pelo chão.

— O que houve, minha filha? — D. Inês se levanta para acudir Antônia, em prantos.

— Mamãe! Fala para mim que eu valho mais que um prato de janta! Fala!

— Como, minha filha?

— Fala, mamãe! Fala que eu valho mais que um prato de janta!

— Quê isso, minha filha!? Você vale muito mais que um prato de janta!

Já na varanda, o Barão se despede de Felipe:

— Mande lembranças ao seu pai, senhor Felipe. Diga a ele que qualquer dia passo lá para tomarmos um café.

— Obrigado, senhor Barão. — Felipe desce as escadas, olhos nos degraus. Recebe as rédeas das mãos de Juvêncio e faz um esforço maior que o habitual para montar no cavalo. Juvêncio vai ao lado, mostrando o caminho por entre as fileiras de palmeiras imperiais, até a porteira, onde no alto se lê: Fazenda Santo Antônio.

Ao perceber que o convidado partira, D. Inês vai ao encontro do marido, ainda na varanda:

— Então, meu marido, o que o rapaz queria? Ele chegou aqui de terno bem cortado, todo perfumado e bem nervoso. Se enganou, disse que queria falar com Tonica, mas logo em seguida emendou, dizendo que queria lhe falar. É o que eu estou imaginando, meu marido?

— É, sim, Inês. Um petulante. Ainda mais sendo filho de quem é, aquele vendeiro que vive me roubando café! Ainda vou conseguir descobrir quem está me desviando aqui na fazenda. E vai ser tronco! — O Barão fecha à chave a imensa porta de canjerana.

— Cuidado, Alfredo! Você não tem prova, meu marido. E Tonica pode ficar muito triste com toda essa história. Ela gosta do rapaz.

— Gosta da onde, Inês? Deve ser da missa. Você não está dando asa para isso, não é, Inês?! Não está escondendo namorico de mim, não é?

— Eu, Alfredo... claro que não. Onde já se viu uma coisa dessas, meu marido?

— E, além do mais, você sabe o que eu penso: pra sair a janta, primeiro tem que sair o café e o almoço!

— Sim, meu marido. — Num tom de voz baixo e grave, D. Inês acata.

Já no outro dia pela manhã:

— Anda, crioulo! O trem já deve di tá pra chegá! O dotô Oreliano num vai gostá de ficá esperando na estação. Acaba logo de arriá esse cavalo, Cosmi! Você cunsertô a roda da charreti como eu mandei?

— Sim, sinhô! Cunsertei, sim! Tô indo! Inté lá é só uma horinha! Tô indo! Inté, sô Prudenti!

Antes que Cosme chegasse a montar na charrete, Antônia se aproxima e lhe sussura um recado, enquanto entrega um pequeno papel dobrado.

Cosme parte a toda velocidade, tentando desviar dos inúmeros buracos da estrada de terra. Para rapidamente na venda da estrada, apeando sem nem mesmo prender o arreio, e volta no outro pé para a estrada. Antes mesmo do tempo previsto, já se encontra a postos para receber o visitante na plataforma do Desengano.

— Dotô Oreliano?

— Sou eu. Você é da fazenda Santo Antônio?

— Sim, sinhô dotô. Dá qui eu carrego pro sinhô!

— Então, vamos embora! Mas antes vamos entrar em Vassouras um pouco.

— Sim, sinhô.

Mais tranquilo, Cosme guia com cuidado, evitando o desconforto dos solavancos do terreno. Logo chega na área central de Vassouras, no alto da colina. Contorna a praça da cidade, parando a charrete na sombra. Aureliano entra em uma das lojas defronte, enquanto Cosme é atraído pelo burburinho no coreto da praça. Aproxima-se aos poucos, procurando espaço mais próximo daquele homem de barba, centro das atenções de algumas dezenas de pessoas. Com um discurso inflamado, divide a assistência, como se via pelos meneios contraditórios das cabeças. Inclinando-se na grade de ferro e fixando-se alternadamente nos olhos de cada um dos presentes, busca aprovação, fosse pelo argumento, fosse pela intimidação. Cosme não resiste e cutuca um dos negros assistentes:

— Quem é essi?
— Silva Jardim. Ele tá dizêno qui Dom Pedro tem qui renunciá.
— Renunciá? Qui qué isso?
— Num sei, mais acho qui é saí du governo.
— Saí du governo? O imperadô? Ixi! Mãe santíssima!
— É. I dissi mais: dissi qui iscravidão tem qui acabá! Iscuta só!
— Conterrâneos fluminenses. Povo de Vassouras. Homens de bem! Não podemos aceitar a vinda de um Terceiro Reinado! A princesa não pode virar rainha! Porquê? É ou não certo que a Monarquia é um fator isolado na sociedade brasileira? Tem ela o apoio teológico? Não tem. Tem o apoio acadêmico? Não tem. Tem o apoio dos homens de ciência? Não tem. Tem o apoio dos partidos? Não tem. Ou dos seus costumes? Não. Ou da força pública? Duvidoso. Mas é ou não certo que, na sua aplicação, a Monarquia nos tem sido um governo resistente ao progresso? Não temos uma geral ignorância da instrução primária? Não temos a igreja mantida pelo Estado? Não temos um péssimo ensino superior? Não temos as províncias pessimamente divididas? Pessimamente administradas? As indústrias sem impulso? Um parlamentarismo vão? As finanças desorganizadas? O território desconhecido? A lavoura inculta? O comércio abalado? O proletariado desprotegido? Mas é ou não certo que a Monarquia mostra-se incapaz de garantir a ordem? Que as províncias tendem à sublevação? Que a autoridade é desrespeitada? Que as povoações são vítimas de desordens? A estrutura é decadente, conservadora e escravocrata. — Silva Jardim[2] volta o olhar para Cosme e seu vizinho. — Advoguei muito para libertar negros ilegalmente escravizados! Apoiei o quilombo do Jabaquara!

---

2   XAVIER CARNEIRO PESSOA, Reynaldo. O Discurso de Silva Jardim no Congresso Republicano de São Paulo. *Revista de História*, [S. l.], v. 52, n. 103 (2), p. 701-715, 1975.

Nesse momento, a plateia, que se dividia entre apoio e resistência às ideias republicanas, protesta contra o discurso abolicionista do orador, quase todos elevando o tom de voz, o que faz Silva Jardim recuar:

— Precisamos preparar nossas instituições para organizar o trabalho livre e acolher os imigrantes! O imperador precisa indenizar os proprietários de escravos! A escravidão é imoral, é uma aberração!

Cosme não faz qualquer comentário, apenas observa de olhos arregalados aquele homem branco, de barba, magro e jovem, que lhe lembrava o padre Zé Maria no púlpito na hora do sermão. Hipnotizado pela figura do homem de terno, esquece-se do doutor Aureliano. Sem saber há quanto tempo estava ali, sai em disparada em direção à charrete. Inútil.

— Onde você estava, negro? Estou aqui há meia hora te esperando! Onde já se viu isso? Vocês, negros, estão a cada dia mais folgados! Ainda acham que vão conseguir viver sem seus senhores!

— Discurpe, dotô Oreliano. Eu tava com dô di barriga.

— Então da próxima vez escolha hora melhor para ter dor de barriga, negro! Vamos embora que eu estou morrendo de fome!

De volta à fazenda Santo Antônio, é justamente Prudente quem recebe a charrete:

— Boa tarde, dotô Oreliano! O trem atrasô?

— O que atrasou foi esse negro aí! Sumiu lá na praça.

Cosme recebe um olhar de Prudente do qual ele conhecia o significado e as consequências.

— Faz favô de entrá, dotô! O Barão e D. Inês tão esperando o sinhô pro armoço.

— Grato, Prudente. Antero está na fazenda?

— Época de colheita, dotô. Todo mundo na lida.

Aureliano sobe as escadas que vão dar no alpendre, onde é recebido pelo Barão. Logo que entram para a sala de visitas, Prudente se volta para Cosme:

— Seu castigo já tá escoído, Cosmi Carpintêro. E vai sê no tronco. Finarmente, apesar do Barãozim não gostá, vai tê uso! Espera passá o domingo! Espera!

— Foi dô di barriga, sô Prudenti! Num pude sigurá! — Cosme já conhecia o peso do bacalhau de Prudente, mas nunca tinha ido para o tronco.

— E já pra lida! Tá cheio de grão pra virá! Pruveita qui suncê num tá no cafezar! E desarreia o cavalo!

Já à mesa de refeição, Barão à cabeceira, Aureliano não se esquecera de trazer as compras previamente encomendadas: fazendas e aviamentos para D. Inês, revistas e maquiagem francesa para Leocádia, chapéu para Antônia e um terço de madrepérola para Maria do Rosário. Tudo a débito da conta-corrente do Barão, que, calado, não para de tamborilar o prato, sem disfarçar a tensão.

— Clementina, sirva um pouco mais de carne de porco para o doutor Aureliano!

— Obrigado, D. Inês, não precisa. Comida deliciosa, D. Inês. Parabéns! — Entretido com a distribuição dos embrulhos, não percebe a cozinheira Clementina, que recolhe os pratos.

— Vamos para o escritório, doutor Aureliano? Temos muito que ajustar.

— Sim, Barão!

— Clementina, me traga a garrafa de licor de jabuticaba. — D. Inês pede à velha escrava.

D. Inês, garrafa e copos à mão, encaminha-se também para o escritório. Serve os homens e, atendendo ao pedido do Barão, retira-se.

— Doutor Aureliano, aceita um Havana?

— Claro, Barão! Mas, diga-me, Barão, qual o motivo de tanta urgência?

— Você sabe o Benevides?

— Do Banco do Brasil? Sei.

— Ele virá aqui no sábado, doutor. Vem conversar sobre a hipoteca que o Barão meu pai fez antes de morrer. Estou com duas amortizações atrasadas. Preciso de dinheiro para quitá-las. Quanto o doutor pode me adiantar da safra?

— Nada, Barão.

— Nada? Como nada? Como está o preço da arroba esta semana?

— Seis mil réis, Barão...

— Só isso? Mas nessa época, no ano passado, era oito mil réis, doutor Aureliano! Como é possível?

— Depende de quem compra, Barão. E os paulistas estão produzindo muito. Muita oferta, abaixa o preço. Varia de um ano para o outro, Barão. A bem da verdade... o Barão está devedor em trinta contos de réis...

— Trinta contos de réis? Por que isso tudo?

— O senhor ainda não quitou o adiantamento do ano passado, com juros de oito por cento. E as encomendas no mercado do senhor e de sua família só fizeram aumentar a dívida.

— Mas eu preciso de dinheiro, doutor Aureliano! Urgente!

— Quantas arrobas o Barão está imaginando colher esse ano?

— A fazenda Santo Antônio tem quatrocentos mil pés de café, doutor! Com uma produtividade de cinquenta arrobas por mil pés, veja o doutor quanto isso dá!

— Mas, desses, quantos estão produzindo, Barão?

— Bem... talvez uns cem mil.

— Cem mil pés, Barão? Tem certeza?

— É, talvez cinquenta mil. Mesmo assim é muita coisa!

— Vejamos, Barão! Cinquenta mil pés, com cinquenta arrobas a cada mil pés, a seis mil réis cada arroba, vai dar... vai dar... quinze contos de réis! — Aureliano estende o pedaço de papel com o cálculo. Confere?

— É, confere.

— Então, só para mim o Barão deve trinta contos de réis. Qual o valor das amortizações vencidas?

— Cinquenta contos de réis... E ainda tem umas letras no Crédito Agrícola, uns dez contos, também vencidas... — O Barão leva as mãos ao rosto e assim fica por um bom tempo.

— Barão, não quero pressioná-lo nesse momento difícil, mas eu também tenho meus compromissos... credores... letras por vencer. Eu preciso que o Barão quite sua dívida comigo, senão eu também ficarei em apuros. O Barão mantém um administrador junto com capataz e feitores, sendo que o senhor mora aqui. Não precisa de administrador. Os tempos são outros, Barão. Quanto lhe custa todo esse pessoal? Vou lhe dar um conselho: ache um comprador para sua fazenda, Barão! É o único jeito!

— De jeito nenhum! Meu avô recebeu a sesmaria das mãos do Príncipe Regente D. João! Jurou-lhe honrar a confiança nele depositada! Desbravou tudo aqui, abriu estradas, derrubou centenas de alqueires de mata para gerar riqueza para o Império! Até puri ele combateu! Está vendo essas palmeiras aí fora, doutor? — Barão levanta-se, pega Aureliano pelo cotovelo e percorre com o dedo indicador a aleia de mais de cem metros, palmeiras imperiais de um lado e do outro, que conduz os visitantes desde a porteira até a escada da varanda. — Depois de muito plantar café ao longo de mais de trinta anos, ele colocou as mudas para homenagear o Rei D. João e D. Pedro! Meu pai continuou o serviço, plantou trezentos mil pés de café, chegou a ter mais de cem escravos nos áureos tempos! Sempre pagou a sisa, as tarifas todas! Ajudou a construir a igreja matriz de Vassouras! Eu não admito que o doutor repita essa sandice novamente! O doutor está vendo essa pintura aí na parede? Vê? Ele encomendou a um pintor francês. Ficou hospedado aqui mais de ano, só pintando, comendo, bolinando as escravas e bebendo cachaça. Meu pai fez do casebre de meu avô este casarão, mais de vinte cômodos! Alpendre, capela, móveis franceses, senzala, tulhas, moinhos, milhares de pés de café! Dizem que o mal do café são as saúvas, a erva de passarinho! Mas não! O mal são as sanguessugas! Esses credores ordinários! Vis! — Barão, suado e trêmulo, senta-se e volta a colocar o rosto entre as mãos.

— Barão, o senhor está me ofendendo!

— Ora! Vá pro diabo, doutor Aureliano!

— Barão, eu também tenho minhas notas promissórias com sua assinatura! — Aureliano ameaça.

— Então vá procurar seus direitos!

— Assim o farei! — Aureliano sai sem pegar o chapéu nem a mala de viagem.

— E vá a pé! São só cinco quilômetros até o centro da cidade! — Barão bate a porta da sala de visitas com força. — Antero! Cadê você, homem? Antero!

O Barão anda de um lado para o outro na varanda, buscando com os olhos, enquanto berra a plenos pulmões pelo administrador.

— Pois não, Barão!

— Antero, temos muito trabalho pela frente até sábado! Você vai mandar ensacar todo o café que está nas tulhas e no terreiro! Eu quero o máximo de grãos colhidos! Maduros ou verdes, não importa! Entendeu?

— Mas, Barão, os grãos do terreiro ainda não estão secos. Vão estragar se ensacarmos agora! E os grãos verdes abaixam o preço do café, Barão!

— Faça o que eu estou mandando, Antero! E mais: distribua as roupas novas dos escravos! — enquanto fala, Barão desce as escadas e contorna o casarão em direção ao terreiro, sendo seguido por Antero.

— Mas não era só na época da festa de Santo Antônio, Barão?

— Sábado eu quero a senzala toda de roupa nova! Aquelas com tecido de Petrópolis! Mande Prudente preparar um capado! Um, não; dois!

— Esqueceu, Barão? Não tem mais, acabamos com o chiqueiro ano passado! Tinha que ficar um negro só pra cuidar das criações e o senhor queria o Estevão Manco no eito.

— Então compre os porcos dos negros!

— Filismino e João Velho cada um tem um, Barão!

— Então compre deles! E separe fumo e paçoca para o regalo! Cachaça só no final! Diga ao Prudente para avisar os escravos que sábado vai ser festança! Todos os cativos e os forros na missa da capela! Depois do almoço, eu quero que eles cantem e dancem no terreiro. Mas, até lá, muito eito! Eu quero todos os cativos na colheita:

velhos, pessoal das roças, crianças! Uma peneira para cada um! E vou colocar umas escravas do casarão lá também!

— Mas e quanto aos grãos, Barão? Olhe! Estão úmidos! — Antero pega alguns grãos do chão e os aperta entre os dedos; não quebram. De canto de olho, Cosme observa o diálogo ríspido.

— É para fazer o que eu estou mandando, Antero! Ou você também não quer mais trabalhar para mim? — Barão ameniza a voz, procurando a sombra do depósito de café. — Eu preciso impressionar Benevides, Antero! Ele tem que ser muito bem tratado no sábado. Quero que ele seja buscado na casa dele em Vassouras. Na melhor charrete, com uma parelha de cavalos limpos e escovados! Na sexta-feira de noite, você ensaca os grãos úmidos; no domingo, desensaca! Eu preciso que tenha pelo menos trezentas sacas no armazém, bem à vista. Entendeu? Benevides precisa pensar que a safra vai ser muito boa! Vou dar em pagamento das parcelas atrasadas. E dizer que, além dessas sacas aí, tem muito mais no cafezal. Mas tem que pegar tudo que der para pegar nos pés de café. O depósito tem que ficar cheio de café, Antero!

— Entendo, Barão. — Antero assente, pouco convicto.

Da janela da cozinha, Leocádia observa o pai gesticulando agitadamente. Estranha a visão incomum, o pai no terreiro, longe da cadeira de balanço que ele deixava nos fundos do casarão à vista dos escravos e que, mesmo vazia, impunha respeito.

— Mamãe, papai está nervoso! O que está acontecendo?

D. Inês diminui o ritmo do pedal, porém sem tirar os olhos da máquina de costura.

— O senhor seu pai não me fala muita coisa dos negócios dele, minha filha. Deve ser algum aborrecimento com algum escravo.

— Não é o que aparenta, mamãe. Parece que ele está falando alguma coisa de ensacar grão úmido.

— Ora, minha filha, que disparate! Apodreceria tudo. Seu pai não faria um absurdo desses! — Dessa vez, D. Inês chega a interromper o pedal, retomando o ritmo logo em seguida. — Ele deve ter falado o contrário, que o grão está úmido e que não pode ensacar agora.

Leocádia chega atá a varanda, apura os ouvidos e consegue perceber a alteração do pai

— Vá depressa, Antero! Vá no cafezal e mande Prudente acelerar a colheita, sem se preocupar com grão verde! Vá, homem! O que é que você está olhando, Cosme?

— Nada, sinhô! Nada! — Cosme passa a olhar para o outro lado, o que lhe dá a visão do tronco. Logo lhe vem à mente a promessa de Prudente.

— Ih! Mamãe! Antero pegou o cavalo e foi em direção ao cafezal! E foi a galope! — A filha observa o cavaleiro até perdê-lo de vista.

D. Inês interrompe de vez o trabalho, afasta-se da Singer e, mesmo de longe, percebe novamente aquela tensão tão presente no sono intranquilo de seu marido nos últimos tempos.

A alguns quilômetros de distância, doutor Aureliano, lenço numa mão e paletó na outra, com a camisa de linho empapada de suor, tem dificuldade em digerir o almoço durante a marcha sob o sol das duas da tarde.

— Prudente, você entendeu o que é para fazer? — Antero percebe no olhar do feitor um ar de incompreensão.

— Entender, eu entendi. Mas o Barãozim está bem, Seo Antero?

— Ora, Prudente, você está questionando o Barão? Então, é para colher todo grão que tiver nos pés. Até não ter mais luz. Depois, o que não couber no terreiro é para ensacar de uma vez. E você e os capatazes também peguem uma peneira e um jacá. Pro trabalho!

— Tá bão, Seo Antero!

Antero, sem nem mesmo ter apeado, retorna à sede da fazenda, novamente a galope. No terreiro, ordena:

— Cosme, vai ensacando esse café todo!

— Ainda tá moiado, Seo Antero! Inda nem desporpô!

— Anda, crioulo! Ensaca isso logo! — De cima do cavalo, Antero se descontrola, levantando o chicote na direção de Cosme, que corre em direção ao depósito em busca de uma pá.

O trabalho se estende até altas horas, rodos ignorados no canto do terreiro. Agora com o pessoal do cafezal, carroças encostadas na porta do depósito, os grãos saem direto dos jacás para as sacas. O ritmo de trabalho se reduz, já passa da meia-noite, até mesmo Prudente reconhece o esforço e toca o sino para a ceia. Ifigênio Crioulo e Filismino trazem sobre os ombros a ripa de madeira com os panelões de ferro pendurados, pousando-os sobre a mesa de catação de grãos, agora mesa de refeição. Angu e feijão aos quilos servidos em cabaças, dedos como talher. Noite sem lua, uma grande fogueira é preparada, iluminando e aquecendo, todos mais ou menos perto do calor. Um longo silêncio, momento de paz e relaxamento na lida quase ininterrupta desde antes do raiar do sol. O vento de maio, lento, inaugurando o frio que em breve se instalará sobre a região. Chico Benguela arremessa sobre as brasas um punhado de angu. Olha sem ver os ancestrais consumirem a sua porção, o mastigar crepitante. Logo, tudo fuligem. Ifigênio quebra o encantamento:

— Foi numa noite ansim qui minha mãe Concórdia Congo contô história di Manuel Congo.

— Sua mãe conheceu Manuel? — Cosme se volta para Ifigênio.

— Mãe contô qui tinha pôco meis no Brasil, nunca foi escrava na África, quiria sê lirvi, num quiria ficá no Pati. Minha mãe era Congo qui nem Manuel. Fazê quilombo na mata, Manuel Congo dizia. Elis falava merma língua, minha mãe sintiu em casa. Seduziu muito escravo, Manuel era respetado, ferrêro. Fugiro di noiti, sem lua, eles mais um monti. Mãe levô foici i inxada na fuga, queria prantá, fazê mucambo. Passaro nôtras fazenda, abriro senzala, ajudaro iscrava saí casa-grande com iscada. Fugiro parti pro Guaçu pela serra, ôtra partiu pro lado da Santa Catarina, abriu picada na mata. Feiz mucambo. Mais num tinha comida. Muitos dia na mata sem cumê. Os guarda chegaro, Manuel Congo matô guarda com tiro di garrucha. Os iscravo num tinha casi arma, tava bêra pricipício, caíro muito. Guarda levô qui sobrô di vorta. Num era pra matá, dispois mãe intendeu, sinhô precisava di iscravo pra trabaiá, num pudia matá tudo.

Muita chibata no caminho. Sinhô feiz cara feia mais num castigô. Manuel ficô preso muito tempo, dispois inforcaro ele, num dexaro seputá, jogaro no mato, devi ditá vagando por aí. Dispois, vortaro tudo pros cafezar, mesmo eito. Mais dispois castigo diminuíro, sinhô tevi medo di outra fuga.

— I suncê é fio di quem? — Cosme questiona Ifigênio.

— Mãe nunca qui dissi. Mais eu nasci no trinta e nove, tá iscrito no livro da fazenda.

— Será qui suncê é fio di Manuel Congo? Pruquê ela nunca qui dissi? Vai quiria protegê suncê?

— Às veiz, mãe falava com sodade na voiz. Quem sabi? Si mãe fala qui eu era fio di Manuel Congo, pudia mi matá. Pudia acha qui eu quiria vingá meu pai.

— Óia quem chegô, Sêo Binidito! — Damião acena na direção de Clementina, que vem arrastando os calcanhares pelo terreiro.

— Meu véio, vamo pro nosso cafofo. Tá tardi!

— Tá frio, Sêo Binidito! Dona Clementina tá percisando di uma baêta pra isquentá ela!

— Suncê inda vai arrumá muié ansim pra suncê, Damião! Um dia Binidito conta como qui ganhei ela. Dia qui suncê vortá da guerra qui nem herói, di casaca, suncê ganha muié qui nem eu — diz Benedito Cambá, se levantando e marchando na direção do porão da casa-grande, mãos negras entrelaçadas às da negra Clementina.

As vozes silenciam, as chamas vão baixando, restam apenas algumas achas incandescentes. Vencidos pelo cansaço, os escravos vão lentamente buscando seus espaços no interior das senzalas. Dessa vez, Prudente não precisa fazer a chamada do fim do dia, estão todos ali, só passar a chave. Alguns se lembram de levar com as enxadas algumas brasas para o interior do pavilhão, contra o frio de maio que a cada noite se intensifica um pouco mais. As mulheres, dentre elas Maria, Vicentina e Francisca, tomam a primeira porta, enquanto os homens adentram a terceira; entre estas, separando os solteiros, os cubículos dos casais, onde já estão mergulhados no sono os filhos menores. Sobre a fina esteira de palha, encolhidos e colados, Tonico e Pedro não percebem a entrada dos pais. Benta estende sobre os dois as flanelas que servem de manta, enquanto Vicente deposita no canto que serve de fogão as brasas ainda vivas. No cubículo ao lado, Isabel mantém o pequeno Jovino em seu seio, mesmo depois de alimentado e adormecido.

Chico e Inácia, Bartolomeu e Ana, os casais sexagenários marcham pela picada em direção às suas choupanas, à luz da lua. Levam também em suas enxadas as brasas que vão reavivar o fogo que Chico e Bartolomeu esperam que não tenha se extinguido de todo durante o dia. O escuro é maior do lado de dentro. A candeia, no lugar de sempre, logo é acesa com alguns tições que deixam ver os utensílios: panela, chaleira, caneca, prato, pedaço de espelho, baeta para o frio e, pendurado à parte, um toco de madeira enfeitado de penas, miçangas e um pequeno espelho na parte de baixo. Ao seu lado, a imagem de Santo Antônio com Jesus Menino nos braços. Chico acende o cachimbo, puxa várias vezes o fumo e bafora o pedaço de madeira, os olhos fixos na parede. Coloca-o de lado sem apagar, logo abaixo do toco. O corpo doído do dia de eito ainda não se curvara sobre o catre, quando ele ouve um sussurro do lado de fora:

— Pai Chico! Pai Chico!

— É suncê, Cosmi?

— Sô eu, Pai Chico!

— Qui foi, luleque? — Chico se apoia na soleira sem porta.

— Iscondi isso pra mim, Pai Chico!

— Ah! Luleque! Suncê inda vai dá trabaio com isso! — Chico reclama, mas não hesita, logo ajudando Cosme com o peso.

— Pai Chico, é minha paga. — Cosme continua sussurrando, enquanto os dois levam para trás da choupana a saca de café.

— Bão, agora suncê volta i disfaizi as marca du caminhu i cata us glão ispaiado. Si Pludenti discóbi café aqui, eu perdi minhas plantação! Vai, luleque!

Cosme caminha inclinado, quase de cócoras, pegando os grãos que encontra pelo caminho. Vai pensando no quanto já acumulara até então: "Si sô Zeca da venda pagá o mermo da simana passada, eu vô compretá trezento merréis. Vai fartá inda quinhento pra forria. Ixi! Tanto trabaio! Cortá taquara nu mato... fazê tira... montá balaio... amolá facão no rebolo... trabaiá domingo dia todo pru duzento réis... pegá café do depósito, às veiz na lua chei aqui nem hoje... levá dentro do balaio pro sô Zeca pagá mixaria... o povo pensa qui eu vendo balaio. Ih! Ih!... Si Prudenti mi pega, é tronco na certa... ara! Vem cá, grãozim... eu pudia discansá domingo, mais trabaio prus ôtro. Eu pudia pescá, caçá passarim cum balaio, mais só trabaio... Damião é qui tá certo, tira domingo pra drumi... ai! Filismino vai pra venda do sô Zeca bebê cachaça! Ai! Meu lombo... quanto qui eu vô tê qui trabaiá pra fazê quinhentos merréis?... O moço da praça falô qui escravidão vai acabá, qui o imperadô tem qui re... re... renunciá... isso... renunciá... Virgi Santa Maria... Sô Prudenti dissi qui eu vô pru tronco! Pudia fazê qui nem Manuel Congo, fugí... inda ficava com dinhêro... fugí pru Rio di Janêro... Sô Zeca da venda dissi qui o Rio é muito grandi, mais num tem prantação lá... qui eu vô fazê nu Rio? Só sei coiê café i cortá madêra... fazê istaca pra cerca, mais lá num tem boi... lá num tem canjerana pra fazê porta, num tem sicupira pra roda d'água... ai meu lombo... num tem jacarandá pra fazê ponti... num tem mogno prus móver... num tem óio vermeio prus carro di boi, pras charreti... lá quase qui num tem árvori qui nem qui aqui, sô Zeca falô... maisi lá tem irguêja, Cosmi pode fazê artar, pode fazê santo... e eu qui fizi us santo da capela... São José i Nossinhora Conceição... pra si juntá com Santantonho... ai... num sei si eu tenho sreventia lá... mais eu toco caxambu... i canto jongo... Pai Chico dissi qui eu sô bambambã! Qui batuqui meu chama d'além! Mais tomém num tem sreventia lá... Ixi! Qui eu vô fazê nu Rio? Sô Prudenti falô qui eu vô pru tronco! Ai! Meu lombo! Sô Zeca dissi qui meis passado fugiro vinte da Santa Helena! Foi Deus nus acuda na fazenda, noiti sem lua, os vigia da istrada só pegô di vorta treis.

Devi di tê ido tudo pru Rio... ai! Meu lombo!". Com o punhado de grãos envoltos em sua camisa, Cosme chega pela parede de trás da senzala, apoia-se novamente no tronco que lhe servira de escada na saída, recoloca as telhas no lugar e tenta dormir as poucas horas que lhe restam antes da chamada de Prudente.

As poucas horas passam como minutos, Chico e Bartolomeu já estão a caminho do terreiro, lado a lado. Enxadas ao ombro, Bartolomeu puxa conversa:

— Foi Cosmi qui pareceu di noiti?

— Foi. Luleque tlaizi maisi café.

— Café tem qui sumí hoje. Si Barãozim discorbi, nois tá perdido, Chico. Nois perdi prantação i Barãozim toca nois das terra deli. Mandioca, mio, as galinha, nois perdi tudo. I num vai tê maisi gamelêra.

— Tá bão, Blatolomeo. Vô falá eli tilá café nossa choça. Nois é véio dimais pla ficá na lua.

— Inda hoji, Chico. E é feio robá.

— Lobá, Blatolomeo? I nois num tlabaia di glaça plu Balãozim? Vida toda no eito!

— Mais Barãozim é bão, Chico. Deu terra pra nois trabaiá, prantá, tê quiarção!

— É, maisi nois só pode vendê falinha plu Balãozim, mixalia só. Nois dá saco di falinha i ganha pedaço de fumo di volta. Balãozim só dêxa nois plantá mio i mandioca. Nois num podi plantá nem fumo nem aroiz nem café. Só mio i mandioca! Nem vendê plu sô Pedlo nois pode!

— Verdadi, Chico!

— Intão, é justo pegá café depósito. I Cosmi, calqué dia fogi qui nem Ixpidito! Suncê lembla Ixpidito?

— Alembro, Chico! Sumiu nu mundo, foi pelos mato, levô garrucha de Prudenti! Ih! Ih! Ih!

— Balãozim dêxa nois tera deli pluquê nois planta cumida pla isclavo cumê. I pluquê tem lei dos véio qui selvi plas véia tomém. Sô Pedlo falô, isclavo di sessenta ano num é maisi isclavo, é lilvi.

— Suncê é arficano isperto. Eu alembro candu suncê pidiu Barão prá ficá sítio piqueno. Suncê quiria ficá perto gamelêra, rezá prus morto, Barão num intendeu. Suncê dissi qui terra era mió pra mio i mandioca. Barão quirditô i suncê podi rezá prus morto candu quisé.

— I suncê é fio díndio bobo, sô Blatolomeo Cabolé.

— Meu nomi é Bartolomeu Caboré, Chico! Arficano fala tudo errado! Vévi vida toda aqui i num aprendi! I quem qui é bobo? Pai Anania era índio, vivia ardeia no Ferrer, lá pras banda do Campo Alegre. Muita correria, muita guerra pru causo di terra. Pai matô branco i fugiu, veio pará terra du Barão, vivia nas mata, cumia fruta, pegava pêxe. Pai conheceu mãe no cafezar veiz qui ela ficô na filêra di trais perto da mata. Mãe pegô susto, mais num gritô, nunca viu índio, mais gostô. Pai era vermeio i forti. Todo dia mãe ficava fila di trais i pai isperava. I dispois elis sincontarva di noiti nos cafezar. Mais fama di pai sispaiô na região, índio puri matadô fugido. Vassôra toda tinha medo, as muié num pudia saí sem homi. Tudo andava armado. Inté caçada teve pra pegá pai. Inté qui feitô viu pai na mata, matô pai... I mãe já tinha pegado barriga deu... "Ah! Xaré! Chambé ah." Eu pai, Filho meu, pai dizia em língua puri. Pai andô muita légua inté chegá aqui nessas banda. Andava di noiti i iscondia di dia. Pai falava potugueisi, aprendeu ardeia do Ferrer. Mais num pudia saí, era cativêro qui nem negro. Pai era caçadô, matava preá, cutia, macaco. Feitô mau, pai bibia água no corgo. Feitô inda contô no terrêro pra todo mundo como matô índio fugido, todo gabando. Aí mãe falô Clementina qui tava di barriga deu. Aí mãe di Clementina contô Clementina qui contô pra mim.

— I suncê conta pla mim monti di veiz, Blatolomeo Cabolé. Chico sabi tudo. Suncê tem cabelo díndio i num é pleto qui nem Chico causo seu pai. Chico sabi. Maisi suncê qui é bobo, num é seu pai. Pai di Blatolomeo ispelto, ganhô sua mãe. Suncê qui é bobo, clidita qui Balãozim é bão.

— Barãozim num castiga nois, Chico. Faiz muitos ano qui nois num vai pro tronco.

— Nois num vai plu tlonco plu quê dispoisi du tlonco nois fica simana sem tlabaiá. O fogi. O pió, pega vingança. Balãozim é ispelto, num é bobo qui nem suncê. Balãozim num é bãozim... Ih! Ih! Ih! Balãozim bãozim! Balãozim bãozim! Ih! Ih!

Inácia e Ana vêm logo atrás, também lado a lado, e continuam o assunto:

— Candu nois chegô Áflica, eu mais Chico, mãe di Blatolomeu mureu logo dispoisi. Flancisca ela bunita, mais feitô ela muito luim, dispoisi di matá índio, celcava ela. Flancisca num guentô vida dula i pulô pedlêla. Mãe di Clementina cliô Blatolomeu, deu leiti du fio qui nasceu molto. Fazia eli dlumí polão casa glande.

— Inácia sabi, Ana. Inácia sabi tomém qui Blatolomeo mais Binidito lutô guera nu Palaguai. Dom Pedlo falô dava libeldadi plus isclavo qui volta vivo. Sunceis si gostava, maisi balão num quilia casamento. Blatolomeo lutô, voltô vivo i lilvi, maisi ficô pla casá mais suncê. Suncê ela isclava i Blatolomeo não. Balão dexô sunceis casá, maisi Blatolomeo tinha qui tlabaiá nus cafezá.

— Veldadi, Inácia. I Blatolomeo ficô mais eu. Padle casô nois na capela. Nois nunca qui quisi fio, nois num quilia fio isclavo. Às veiz, fazia bebelage di aruda bem folte pla saí. Mixilanga das boa, num faia. Nois nunca quisi fio isclavo. Dinhêlo nunca dava pla complá libeldade, foria muito calo. Cabô qui nois ficô na fazenda maisi eu já tava véia pla fio. Binidito voltô tomém i Clementina inglaçô deli i ficô tomém. Clementina nunca qui oiô plu Binidito, maisi dispoisi da guera passô gostá.

Fim da picada, os cativos já estão enfileirados, homens de um lado, mulheres do outro. A chamada já fora feita, e a oração está no meio, Chico atrasa um pouco o passo, aguarda o fim do Padre-Nosso. Logo todos, exceto as cozinheiras, se dirigem para os cafezais. Terreiro, roça e criações vão ficar sem cuidados nesse dia. Nos arbustos, em breve restarão apenas o verde das folhas e o marrom dos galhos. Do alto da varanda, o Barão observa a movimentação. Como sombra de si mesmos, os negros marcham em direção aos cafezais, não existe ânimo para cantoria àquela hora, a não ser a dos galos. Prudente, Miguel e os outros capatazes a cavalo, mesmo eles vão para o eito naquele dia, peneiras e cajás pendurados na sela. Barão, olhos fundos, sem perder a fileira de escravos de vista, fala num tom mais baixo que o habitual:

— Na hora do almoço, você vai lá olhar, Antero. Eu quero o máximo de grãos hoje.

— Tá certo, Barão.

— Clementina? Cadê o meu café, Clementina?

— Maisi um tiquim tá pronto, sinhô! Vô passá!

— Que movimento é esse no quarto de costura a essa hora, Clementina?

— É as sinhazinha, sinhô! Tudo na custura. Elas faiz vestido pra festa a noite toda, sinhô. — Enquanto a água fervente passa pelo coador, Clementina já está servindo a caneca de café até a borda.

— Essas meninas... já têm tanto vestido... Pra quê mais? Ainda mais perder uma noite de sono só para costurar. — O Barão vai intercalando as palavras com goles de café e mordidas na broa de véspera.

— Pra ficá mais bunita. As sinhazinha tá na frô da idadi, sinhô! — comenta a antiga ama de leite do Barãozinho, desde sempre presença em sua vida.

— E o que elas ficaram falando a noite toda, Clementina? Devem ter muito assunto. — O Barão pergunta, mas não espera resposta, distraído por pensamentos mais aflitivos do que as conversas de suas filhas.

— O que elas falô, sinhô?... — "Do Rosário, vai ser uma festa, não é para costurar uma mortalha, usa esse tecido vermelho aqui... Cruzes, Leocádia, parece coisa de mulher perdida... Que nada, olha aqui na página dezoito, última moda em Paris... Leocádia! Os peitos estão quase saltando do vestido!... E você, Tonica, vai vestir o quê? Pense em alguma coisa que deixe o Felipe nervoso... Para quê? Depois que papai o enxotou daqui eu não tenho vontade nenhuma de ficar costurando, vou usar qualquer um do armário... Eu não, vou usar esse mesmo modelo da do Rosário, só que branco de seda... Mas vai ficar muito transparente e marcado, Leocádia... Ah! Eu coloco uma renda para tapar os seios... Tapar com renda, Leocádia? Você vai ficar provocando os fazendeiros e suas mulheres, isso sim!... Até que seria bom, desde as férias no Rio de Janeiro que eu não beijo ninguém. E você, Tonica? Não vai mesmo costurar nada?... Não, eu vou fugir daqui... Vai nada!... Vai para onde? Morar na venda? Ai se papai te ouv... Tomara que ouça... Você mata mamãe"... — Não sei, sinhô, eu fiquei tempo todo na cuzinha.

— Clementina, os escravos já foram pro eito, e eu vou voltar pra cama um pouco. — O Barão sai da cozinha pelo corredor da direita, entrando no primeiro cômodo, sem perceber que pelo outro corredor vem chegando uma das meninas, sonâmbula.

— Ai, Clementina! Que cheirinho bom de café! Tem o que para comer?

— Bolo de fubá, Tuniquinha.

— E leite?

— Tem restim na panela dentro da pia com água, sinhazinha. Vô ordenhá Estrela daqui um tantim.

— Cadê o Benedito?

— Cambá tá no eito hoje, sinhazinha.

— Deixa, Clementina! Não precisa de mais leite. Onde que o Benedito ganhou esse nome? Não tem ninguém mais na fazenda que se chama Cambá. Nem nas redondezas.

— Foi guerra no Paraguai, sinhazinha. As tropa dus preto passava, as pessoa chamava di cambá, ficô cambá. Binidito gosta chama eli cambá, eli alembra guerra. Binidito diz qui ajudô Brasil na guerra. Às veiz, eli tomém fica tristi quando alembra guerra. Viu muito morto, cachorro comendo carne di genti, Binidito num podi ouví baruio di mosca qui alembra guerra. Inté minino novo ele viu morto... Aí Bratolomeu balança cabeça i fala qui ajudô Brasil vencê guerra.

— Cruzes, Clementina! — Antônia faz o sinal da cruz, mas logo se recompõe. — E você, ficou esperando o Benedito voltar da guerra pra casar?

— Eu, sinhá? Eu num oiava pru Binidito, era feio. Binidito gostava deu, mais eu num quiria. Mais candu chegô dispois dois ano, eu vi Binidito di sordado i achei bunito, di casaca azur.

— Ah! Clementina então gostou do soldado voltando da guerra? Como a Penélope de Ulisses?

— Quem, sinhazinha?

— Esquece, Clementina. Fala mais!

— Barão seu avô dissi qui Binidito era lirvi, qui o Imperadô mandô. Binidito tem forria inté hoje no baú. Binidito quisé podi imbora.

— Mas ficou, né, Clementina? Por causa de você.

— É, ficô, sinhazinha. — Clementina disfarça o sorriso sem dente, cobrindo a boca.

— E o uniforme de guerra, Clementina? Ele ainda tem o uniforme?

— Tem, sinhá. Às veiz eu pedi i Binidito vesti. Aí eu alembro candu eli vortô da guerra mais Bratolomeu. Elis tava di peito istufado, surria qui só. Barão seu avô falô varanda terrêro qui elis era lirvi, mais quisesse pudia ficá. Elis ficaro fazenda, tava di oio eu mais Ana Cabinda. Eu gostei Binidito i Ana gostava Bratolomeu. Mais nois dissi qui tinha qui casá. Aí Binidito mais Bratolomeu foro falá Barão seu avô i eli dexô nois casá. Mais tinha qui continuá na fazenda. O padri Cirpianu feiz casamento di nois na capela. Casemo di manhã i di tardi tava no eito.

— Mas você já tem mais de setenta anos, Clementina! Você é livre!

— Barão seu pai falô faiz mais di ano qui eu era lirvi. Lirvi mais véia tomém, sinhazinha. Falemo qui num quiria imbora, i Barão seu pai dexô nois ficá.

— Deixou ficar desde que fosse trabalhando de graça, né, Clementina?

— É, sinhazinha. Bão, eu vô levá café i bolo pras suas irmã. Elas trabaiô a noiti toda máquina Singi, sinhazinha.

Ao abrir a porta de seu quarto, o Barão faz uma gentileza involuntária com D. Inês que já levava a mão à maçaneta:

— Bom dia, D. Inês, minha esposa! Já de pé?

— Sim, meu marido! Afinal, parece que você não dormiu essa noite. Estava indo te ver, Alfredo. Está tudo bem?

— Sim, D. Inês. Por que não estaria?

— Eu sei que você acorda cedo, mas hoje você praticamente não dormiu, Alfredo. O que está acontecendo?

— Os problemas de sempre, D. Inês. Escravo preguiçoso, a praga das saúvas, o José Bento que não veio...

— ... O doutor Aureliano que foi embora sem se despedir... O que foi que aconteceu, meu marido?

— Nada de mais, Inês. Aquele doutorzinho, só porque fez faculdade de Direito, acha que vai me constranger! Ele que saiba que eu sou Bacharel em Letras pelo Imperial Colégio de Pedro II!

— Mas o que ele queria, afinal?

— Que eu pagasse uma dívida antiga, sendo que só começamos a colher o café agora! Ele me cobrou trinta contos de réis! Um absurdo! O agiota pensa que é banco?

— Isso tudo, Alfredo? É muito dinheiro, meu marido! Por que você não pagou e resolveu logo?

— Ora, Inês! Eu tenho coisas mais importantes com que me preocupar!

— Como a hipoteca do Banco do Brasil?

— Do que você está falando, Inês?

— Alfredo, meu amor! Sou eu quem organiza tudo nesta casa! Eu arrumo a sua escrivaninha de trabalho, escuto as suas conversas de porta aberta com o senhor Antero... e ainda tem essa festa que você resolveu dar no sábado. É para impressionar o Benevides, não é?

— Inês, você está imaginando coisas!

— Imaginando, Alfredo? Você manda colher grão verde nos pés de café, fala que pode ensacar sem secar, dá folga no sábado para os escravos... Você não me conta nada, mas eu percebo, Alfredo!

— Tá bom, Inês! A festa de sábado é para impressionar o Benevides, sim!

— E por quê?

— Porque eu tenho duas amortizações de cinquenta contos de réis atrasadas, e na próxima semana vence a terceira.

— E?

— E na terceira o banco toma a fazenda e coloca para leilão...
— O Barão torce o pescoço, fecha os olhos e vai perdendo o ar de serenidade que tentava sustentar.

— Meu Deus! E agora, Alfredo? — D. Inês tem o olhar fixo no marido. Nota o rosto vermelho, o olhar injetado e um tanto oblíquo. A voz, que raramente se alterava para ela, estava vários tons acima do habitual.

— Agora? Agora vamos festejar, D. Inês! Festejar! Vai ter missa na capela! Negro que quiser casar vai casar, negro que quiser batizar o ingênuo vai batizar, pode ser cria de peito ou cria de pé! Vou pedir para o padre Zé Maria chegar mais cedo e tomar a confissão para todos poderem comungar. Vai ter cantoria e dança dos negros para os convidados assistirem, D. Inês! Vamos festejar! Mandei preparar dois capados de véspera! Eu quero a melhor comida para os convidados de honra, o Benevides e sua família. E pode usar tudo que está na despensa: vinhos portugueses, bacalhau, geleias francesas, licores! Comprei tudo para essa ocasião! Eu quero todos alegres. Peça para Leocádia tocar algo bem alegre ao piano! Muita polca! Valsa à noite! E também quero flores enfeitando toda a casa, inclusive a capela. Já mandei Prudente preparar a charrete e pegar Benevides lá em Vassouras. Vamos recebê-lo com um belo café da manhã, D. Inês! Café do melhor grão, bolos, sucos, biscoito de nata, geleias! Mande Clementina preparar tudo bem cedo no sábado, quero que esteja tudo o mais fresco possível!

— Tá bom, meu amor! Eu vou falar com a Leocádia e com a Clementina. Deixe estar que eu mesma colho as flores de véspera! Tudo vai ficar lindo para o sábado! Já vou começar a providenciar tudo, meu amor. Vou pedir para a Clementina lhe trazer um refresco de maracujá. Tire essa camisa e deite-se um pouco! — D. Inês conduz o marido até a beira da cama, força um pouco para que ele se sente, ajeita-lhe o travesseiro e o faz recostar.

À procura de Clementina, D. Inês atravessa toda a cozinha, passa pela varanda dos fundos até chegar ao quarto de costura, onde encontra a velha escrava recolhendo as bandejas.

— Onde estão as meninas, Clementina?

— Elas foro tudo drumi, sinhá. Custuraro a noiti toda, do Rosário mais Leocádia.

— Clementina, nós vamos ter muito trabalho até sábado por causa da festa. Vamos precisar da ajuda de escravas do eito. Aquela escrava baiana, bem jovem, que chegou com os outros na semana passada?

— Merenciana, sinhá?

— Isso, vou pedir autorização para o Barão para ela trabalhar aqui até o fim da festa. Temos que jogar água em tudo, Clementina. Vamos deixar a varanda brilhando, lustrar os corrimãos todos, sabão no chão, tirar tudo de dentro dos móveis, das cristaleiras, tirar o pó dos quadros. Mas para isso você vai ter ajuda. Sem falar na comida. Tirar o sal daquele bacalhau todo, fazer muito arroz, feijão, angu, torresmo e as carnes de porco, Clementina.

— I prato pra isso tudo, sinhá?

— Pode tirar das caixas aquelas tigelas todas, a porcelana inglesa, os cristais italianos. Agora vamos ter ocasião para usá-los! Mas disso cuido eu.

— Sinhá, eu tô sustada! É muito trabaio!

— Fique calma, Clementina! Você vai ter ajuda da Dita e da Merenciana. Juvêncio também vai te ajudar. Ah! Prepare um chá de folha de maracujá e água fresca para o Barão. Ele está precisando descansar.

Já no eito, o ritmo acelera à medida que o sábado se aproxima. Jacás velhos são colocados em uso para dar conta de tanto café colhido, maduro ou verde. Em sua fileira, Cosme tenta se concentrar na colheita, mas o sobressalto toma conta cada vez que ouve

Prudente gritar "Rápido!" e não consegue mais acelerar. "Bando de maturrão, num vai tê forga sábado!" Cosme estremece sentindo a presença do feitor às suas costas, o grito que lhe rompe os tímpanos e a saliva que lhe molha o pescoço. Sente alívio quando percebe que a voz vem de longe, as mesmas ordem e xingamento. "Rápido! Bando de maturrão!" As mãos, verdadeiras pedras vivas, mesmo calejadas pelo cabo da enxada, sangram ao ritmo intenso da puxada de grãos. Em pouco tempo, a camisa está envolta na mais ferida delas, o sol sobre o tronco nu é menos sofrível. Damião adverte: "Malungu, angoma vem!". E vem: "Mais Rápido! Bando de maturrão!". Logo se aproxima, e Cosme crava os olhos no galho à sua frente buscando se concentrar na tarefa, enquanto Prudente, mais um berro em seus ouvidos, passa esbarrando na peneira cheia de grãos e galhos: "Olha isso, maturrão! Vô jogá suas muxiba prus porco!". O sangue ferve ao estímulo do sol, do ritmo do trabalho e das provocações, mas Cosme não se detém, ao contrário, acelera. Pai Chico, no início da fileira, não tem a mesma agilidade, e, em novo esbarrão do feitor, seus grãos vão ao chão. "Macaco imprestáver! Num coie nada inda derruba o pôco no chão!" O impulso de Prudente, chicote em riste, é interrompido pelo sopro no ouvido do capataz Miguel: "Feiticêro! Cuidado!", e aproveita para confirmar o encontro: "Hoje di noite?", recebendo um meneio afirmativo de cabeça. O impulso de Cosme, interrompido pelas mãos de Damião: "Carma, irmão! Carma!". Chico Benguela cata os grãos enquanto profere uma praga em bom quimbundo: "Ukata mu mala, mueneufula o kilu". Cosme e Damião voltam para suas posições, e Prudente retoma sua marcha entre os arbustos: "Rápido! Bando de maturrão!".

O guincho das rodas da carroça das dez da manhã se faz ouvir desde o pé do morro. Tantos soslaios entre os negros, barrigas murchas de tão vazias, cabe a Prudente a ordem:

— Bando de maturrão! Comida chegô! Só o tempo di engolí!
— Miguer, vem cá! Qui foi qui aqueli arficano disgraçado falô?

— Num sei, Prudenti! Num falo língua di preto. Mais uma parlava eu já uví: mala é barriga.

Ana e Maria não esperam a tropa chegar, já vão servindo as cuias e depositando sobre a carroça. Isabel é a primeira a chegar e, já com Jovino no peito, pega a sua cuia:

— Ondi sunceis ranjaro arroiz? I carni seca?

— Sinhá abriu dispensa, Isabé. Mandô nois caprichá no regalo.

— Regalo qui sunceis num merece! — Prudente afasta a fila que já havia se formado, serve-se de boa parte da carne que não era muita e vira-se para Miguel, um olhar um tanto prolongado demais. — Essis maturrão vai mi deixá mar com Barão, iscuta só!

— Carma, Prudenti! Nois fica inté mais tardi i insaca aqui mermo direto das penêra. Num percisa insacá no terrêro.

— Bão, Miguer! Vai ser ansim. Barão vai gostá!

Bem afastados de Prudente e Miguel, Cosme, Damião, Chico Benguela, Pedro e Paulo Mina e o rebatizado Domingos conversam entre dentes, de cabeça baixa.

— Sunceis viro a olhada do sô Prudenti pro Miguer? Acho qui eli isqueceu que tava perto di nois. As muié tudo riu — comenta Damião.

— É mermo, elis parece paixonado. Mas como qui sunceis guenta essi feitô? Bicho ruim qui só! Quando feitô martratava nois na minha terra, tudo nois trabaiava mais divagá. Sem falá nada. Aí feitô intindia i parava. Dispois num martratava mais. Sunceis num podi ceitá.

— Eu ouvi Barão falá com sô Antero no terrêro. Tava nervoso qui só. O homi do banco é convidado especiar da festança. Por causo deli qui nois tá insacando café sem secá. Ixi! Vai istragá tudo! Barão devi di tê gritado pro feitô. Aí eli grita com nois. — Cosme comenta entre dentes, cabeça baixa, mas olhos cravados em Prudente.

— Nois num faiz tudo qui feitô qué. Bahia é terra di malê, nois prendeu lutá com nossas arma. Si grita com nois, nois faiz qui num entendi. Si bati num, todos ôtro trabaia divagá.

— Qui qué isso? Malê? — Chico Benguela se interessa pela conversa.

— Era os guerrêro maometano qui tomô Sarvadô. Pai contava qui revorta era por causo qui num ceitava ordi dus branco. Num quiria obedecê, quiria dá ordi. Sunceis ceita fácir ordi.

— Barão tá nervoso por causo do homi do banco. Cosme oviu. I nois vai ganhá forga dispois di amanhã pra festa. Eu ouvi Barão falá qui vai dá paçoca, rôpa di petrope novinha, fumo i cachaça. Vai dexá nois batucá prus convidado i rezá missa capela. Padri Zé Maria vai batizá i casá quem quisé. — Damião esboça um sorriso, pensando nos regalos.

— I sunceis ceita martratá sunceis a troco disso? Nois num faiz tudo qui feitô qué. Si grita com nois, nois faiz qui num entendi. Si bati num, todos ôtro trabaia divagá. E num demora nois fogi daqui.

— Nois veio pará aqui purquê o úrtimo qui comprô nois num guentô o tanto que nois foge. Na Bahia, merma coisa. Nois fugia, eles pegava nois, nois fugia di novo. Aí vendeu nois pra fazenda de cana em Campo. Essi também num guentô nois, dispois di nois fugí quatro veiz. Esse de Campo vendeu nois pro Rio di Janêro. Assim, eu mais meu irmão Paulo e Merenciana viemo pará aqui nesses cafezar junto com Elesbão.

— Bahia é terra di malê, nois prendeu lutá com nossas arma. E uma hora elis num vai achá mais nois di tanto qui nois fogi. — Paulo completa o discurso, as inúmeras queloides em forma de vergalhão causando admiração e respeito.

— Suncê é maometano, Domingo? — Chico corta o rumo da conversa.

— Eu sô Domingo pru feitô. Pra sunceis eu sô Elesbão, nação nagô, nomi qui pai mi deu.

— Elesbão, suncê é maometano? — Chico insiste.

— Eu sô fio di malê. Eu sô malê. Por Alá.

— Alá?

— É nosso Deus. I Maomá é o profeta.

— I Nossinhora du Rosário é quem? — Agora é Cosme quem se interessa.

— Num tem.

— Num tem? Ixi. I São Binidito tem?
— Num tem.
— Quar santo qui tem?
— Num tem santo.
— Num tem santo? I quem fala com Deus por nois?
— Suncê fala direto com Alá. Num tem mensagêro.
— Podi rezá prus morto?
— Podi, mas tem qui rezá pra Alá.
— Eu num posso falá só com mãezinha intão? — Cosme é quem indaga.
— Não.
— Ara! Num servi pra mim. — Agora é Damião.
— Nem pla mim. Eu gosta falá com molto, fazê ofelenda, pedí polteção, pedícula. Alá num dêxa fala com pai? Com mãe? Só podi falá com Zambi? — O velho Chico Benguela se junta ao coro dos irmãos.
— Não, tem qui falá com Alá.
— Suncê tomém tem bentinho nu pescoço? — Damião leva a mão ao escapulário que carrega consigo desde o batismo.
— Bentinho? Não, é tirá.
— I servi pra quê?
Elesbão estica o braço esquerdo num rápido movimento para, em seguida, levantá-lo no meio da roda, apenas a língua sibilando entre os dedos e o rabo chocalhando no ar.
— Nhorrã! — É Chico, a exclamação do trauma que não se contém. Com o susto, a cuia vai ao chão, o que o irrita, pois não poderá comer mais. "Eu divia di tê dado um punhado anti di cumê, deixô santu cum fomi", Chico pensa consigo.
— Servi pra isso, Cosme. — O maometano prende firmemente a cabeça com uma das mãos, com a outra dá um nó cego na cascavel e a joga longe. — E o seu bentinho servi pra quê, Damião?
Damião e os demais olham na direção da cobra que se debate inutilmente, enroscada em si mesma, saltando aleatoriamente acima

do nível do mato, cada vez mais baixo. De assustados a incrédulos, voltam o olhar para Elesbão. Damião recobra a fala:

— Porteção, Lesbão. Tem oração di São Binidito dentro: Grorioso São Binidito, grandi confessor da fé, com toda confiança venho improrá a vossa valiosa proteção. Vois, a quem Deus riqueceu com dons celesti, impertai-mias graça qui ardentimenti desejo, para maió glória di Deus. Confortai meu coração nos desalento. Fortificai minha vontadi para cumprí bem os meu devê. Sedi o meu companhêro nas hora de solidão e disconforto. Assisti i guiai-me na vida e na hora da morti para qui eu possa bendizê Deus nessi mundo i gozá-lo na eternidade. Com Jesus Cristo a quem tanto amasti. Amém.

— Suncê sabi lê, Damião?

— Não. Sinhá Inês mi deu candu era piqueno. Ela rezava oração todo dia qui num isqueci mais. I no seu bentinho tá iscrito quê?

— No meu tirá tem versículo do corão. — Elesbão retira o cordão do pescoço, escolhe uma entre as cinco bolsinhas de couro, abre-a e lê: "Em nomi di Deus, ó Clemente, o Misericordioso. Louvado seja Deus, Sinhô do Universo. O Clemente, o Misericordioso, Soberano do Dia do Juízo. Só a ti adoramo e só a ti imploramo ajuda! Guia-no à senda reta. A senda dos que agraciaste, não a dos abominado, nem a dos extraviado".

— Ara! Suncê sabi lê! Mais as letra é ingraçada, num pareci letra qui D. Inês faiz pra comprá na venda. Pareci umas cobrinha. Pruquê tem terra dentro?

— É árabi, Cosmi — ensina Elesbão, guardando de volta o manuscrito e pendurando no pescoço. — É ôtra iscrita. A terra é pra protegê os caminho por ondi eu andá. Num encontrá marfeitô nem feitô mar. Num pisá em cobra. Alá é grandi!

No terreiro, a alguns quilômetros dali, só o sol, quase perpendicular, roubando aos poucos as poucas sombras, e o canto que preenche o vazio:

— Ê, meu pai e minha mãe! Meu pai e minha mãe!
Aê, eu quero subí no céu
Qui pai pesô pra mim
Eu quero subí no céu
Qui pai pesô pra mim.

É Benedita, estendendo no quadrilátero vazio saias, vestidos e lençóis. A umidade dos panos e da sua pele em direção às nuvens num ciclo das águas. Tudo está suspenso, invisível: suor, água, vapor, lençóis, nuvens, sol, cantoria, braços, varal, Clementina, Benedita, versos de jongo, o tempo, os ciclos, o ar. Da varanda da cozinha, Clementina não nota sua própria sublimação, atenta ao ponto do tutu que se aproxima. O último prato depois que angu, carne seca, abóbora, couve, torresmo e arroz aguardam, também suspensos, nas bandejas. Vai corredor afora, aguardada por estômagos já a postos que reclamam alto. Oração volatizada, logo o silêncio se renova, raramente entrecortado por murmúrios por sal ou por água. É Antônia quem desarmoniza:

— Papai, quando os escravos mais antigos chegaram aqui na fazenda?

— Na década de cinquenta, Toniquinha. Por quê? — O Barão responde sem se desviar do prato à sua frente.

— Mas o Chico e a Ana não são africanos?

— Sim.

— Mas o tráfico nessa época já era proibido, papai! Onde eles desembarcaram?

— Meu pai conta que foi no Bracuí, lá em Angra dos Reis, numa outra fazenda dos nossos vizinhos. — O Barão agora inclina a cabeça na direção da sua filha caçula.

— Papai, vovô não podia ter comprado esses escravos! Já era proibido!

— Ora, Tonica. Era uma época de grande produção de café, todo ano seu avô plantava mais e mais carreiras a perder de vista. Precisava de braços para o trabalho. — Voltado para Antônia, o Barão brande o garfo no ar.

— Mas, papai. O senhor não podia mantê-los aqui, eles eram livres!

— Eles são livres, Tonica. Tem a choupana deles, a roça deles. Podem ir embora se quiserem. Você quer mais o quê?

— Mas eles só são livres porque fizeram sessenta anos, não é mesmo? Eu quero que eles possam plantar e vender o que quiserem e que não sejam obrigados a vender só para o senhor o milho e a mandioca que o senhor os obriga a plantar! A choupana é deles, a roça é deles, mas a terra é sua, senhor Barão!

— Tonica, não fala assim, papai está ficando nervoso. — Maria do Rosário coloca o terço entre os dedos frios.

Leocádia põe de lado o último número de *O Sexo Feminino* e gesticula disfarçadamente para Antônia terminar a discussão.

— Antônia, minha filha... — D. Inês tenta abrandar a discussão.

— Deixa, D. Inês! Quem te contou essas coisas? Tem mais gente aqui nessa casa te falando coisas, Antônia? Esse Pedro Segundo não te fez muito bem! Voltou do Rio de Janeiro com ideias republicanas! Quando eu estudava lá, não existiam esses pensamentos! — Alfredo retira o *pince-nez* que até há pouco usava para ler o manifesto da Câmara de Vereadores contra a Abolição.

— Os tempos mudam, senhor Barão! Todos são a favor da Abolição da escravidão e do fim do Império! Meus colegas, os professores, o diretor, os pais dos meus colegas!

— Até o diretor? Os professores? No meu tempo, eram melhores! Sabe por que eles fazem isso, Antônia? Porque não são eles que trabalham e pagam os impostos! Vivem às custas do dinheiro do governo que nós damos com a produção do café! Parecem com as saúvas, só que essas daqui não comem meu dinheiro nem subvertem minhas filhas! — O Barão não consegue mais ficar sentado.

— Riqueza do café, senhor Barão? Olha essa quantidade de pés de café sem grãos, quase mortos, não servem nem para lenha mais! Enquanto seu vizinhos estão cada vez mais derrubando os pés inúteis e criando boi, o senhor Barão continua achando que ainda vive como há trinta anos! Cheio de dívidas, mas não percebe que as coisas mudam!

— Antônia, não fale assim com seu pai, minha filha... — Mais uma inútil tentativa de D. Inês de apaziguar os ânimos.

— Deixe, D. Inês! Mostre-me suas mãos, Antônia! Anda, me mostre! Vê, D. Inês? Fina como uma paina, nem mesmo um cabo de faca conhece, que dirá de enxada! Você vive num paraíso e não sabe reconhecer! Mas cuidado, os últimos que moraram num paraíso foram expulsos de lá! Lembre-se disso!

— Ora, senhor Barão! Deixe-me ver suas mãos também! — Antônia, num movimento ousado, pega a mão de seu pai. — Vê, mamãe? Fina como uma paina, a única aspereza que conhece é a dos charutos cubanos que ele fuma! Ou será do cabo do chicote que o senhor gosta de empunhar?

— Antônia, não fale assim! — D. Inês eleva o tom de voz, inutilmente.

— Saia desta mesa! Já! Quem não reza no meu terço, não come meu bocado!

— E o senhor Barão ainda acha que eu tenho fome? — Antônia se retira, arrastando com a saia o prato pela metade e o *pince-nez* de seu pai. Leocádia vai atrás da irmã. Maria do Rosário vai para a capela.

O Barão levanta-se da mesa, também com o prato pela metade, marcha até o escritório e deste até a sala de visitas, volta à mesa, volta ao escritório, sempre a gesticular e bradar pela memória de seu pai e de seu avô. Acalma-se aos poucos, o cubano na mão direita, o chicote na esquerda.

— Clementina! Merenciana!

É a escrava recém-chegada quem atende ao chamado de D. Inês. Agacha-se para juntar os cacos e os restos de comida aos pés do Barão. A bata, vista de cima, perturba Alfredo, que pausa os seus clamores por alguns instantes, logo retomando a marcha entre os cômodos, agora mais lento.

— Está bom, Merenciana! Pode ir! Ah! Traga um suco de maracujá bem forte e com bastante açúcar para o senhor Barão.

— Sim, sinhá. Licença. — A jovem Merenciana parte direto para a cozinha, recebendo um último olhar furtivo de Alfredo.

— Quem é essa escrava, D. Inês?

— Esqueceu, meu marido? O senhor mesmo quem comprou. Chegou na semana passada. Concordou que ela trabalhasse aqui na casa até o dia da festa para ajudar a Clementina. A pobre coitada está velha, Alfredo, não dá mais conta de tanto serviço. Deite-se um pouco no canapé do escritório. — D. Inês retira-se para a cozinha.

Olhos fechados, dedos nas têmporas e costeletas empapadas, o Barão autoriza a entrada. Merenciana deposita a bandeja sobre a mesinha, mas tem a saída barrada por uma pergunta do Barão. Ela responde, olhos nos pés, aguarda uns instantes e volta-se para sair. Uma nova pergunta é interrompida pela volta de D. Inês:

— Pode ir, Merenciana! Não precisa vir recolher a bandeja. Vai!

— Licença. — O tom de voz de D. Inês apressa o passo de Merenciana.

— Tome, Alfredo, beba um pouco de suco. Meu amor, perdoe a Toniquinha, são arroubos de juventude! Realmente, as ideias que ela trouxe do colégio são muito extravagantes, mas perdoáveis. Ela, daqui a pouco, vai entender como as coisas se equilibram. Não temos como fazer esta fazenda produzir sem o trabalho dos negros, meu amor. Mas numa coisa ela tem razão, Alfredo, esses milhares de pés de café sem grãos precisam dar lugar aos bois...

— O que você está dizendo, D. Inês? Criar boi? Eu por acaso me pareço com vaqueiro, D. Inês? Definitivamente, até você está contra mim! Não bastasse o Aureliano, a minha filha Antônia e agora você?! Daqui a pouco, vão me pedir para ordenhar vaca!

— Mas, Alfredo, tanta terra sem uso, tanto pé de café que não produz mais...

— Mas vai produzir! Temos vários alqueires de mata para derrubar! Nós ainda vamos plantar café por muito tempo!

— Os últimos alqueires, meu amor. E depois? O que vamos deixar para os nossos netos?

— Netos? Se nem filhas eu tenho? Maria do Rosário dentro daquela capela não vai arrumar pretendente, Leocádia é uma espevitada e a Toni... a Antônia é a última da lista. E você sabe muito bem: tem que ser na ordem certa, primeiro a mais velha.

— Alfredo, não fale assim, são nossas filhas.

— Então trate de ensinar um pouco de juízo para elas. Vamos ver amanhã se toda essa costura vai deixar Maria do Rosário mais bonita para arrumar um noivo, um vendeiro que seja!

— Muito bem, meu marido. Eu vou cuidar dos preparativos para amanhã. Ainda há muito que fazer. — D. Inês evita prolongar a discussão nesses momentos e vai direto para a cozinha orientar Clementina quanto ao preparo das carnes, não sem antes fuzilar Merenciana com os olhos.

Já no crepúsculo, outros olhos instintivamente vasculham o chão da picada ao som da visaria puxada por Bartolomeu:

— *Oi, topada quebrô unha genti!*

Todos os negros respondem, confirmando:

— *Topada quebrô unha! Topada quebrô unha!*

— *Oi, topada quebrô unha genti!*

— *Topada quebrô unha! Topada quebrô unha!*

— *Não senta não, não senta não!*

— *No toco da imbaúva tu não senta não!*

— *Não senta não, não senta não!*

— *No toco da imbaúva tu não senta não!*

De novo, o canto de trabalho é sobreposto pelas Ave-Marias. O sino é respondido:

— Sarve Nossa Sinhora! — É Prudente tentando ser escutado pelos céus.

— Sarve! – Os jovens crioulos em uníssono.

— Salavá! — Chico Benguela, Inácia Luanda, Filomena Congo e Ana Cabinda, a África responde.

— Saravá! — Bartolomeu Caboré, Ifigênio Crioulo, Maria Crioula e João Velho, os crioulos mais velhos.

No centro do terreiro, Antero, advertido pelo canto que ressoa de longe, está a postos aguardando a chegada das carroças com o café de toda sorte. Prudente se antecipa:

— Já está tudo ensacado, sô Antero! Nem sei como demo conta, mais taí, as saca de café qui fartava!

— Muito bom, Prudente. Como não tem grão pra separar nem ensacar, dispensa os negros por hoje, deixe-os no terreiro para fazer a sua fogueira. Amanhã o dia vai ser longo. Mas, antes, faça logo a chamada. Até amanhã, Prudente.

— Tá bão, sô Antero. — Prudente vira-se para os escravos. — Vamo arrumá! Em fila! Damião, Cosme, Isabel, João Sabino? Levanta a mão! João Novo, Brás, Estevão Manco, Martinho? Bão. Filismino, Benta e Vicente? Pedro Mina, Paulo Mina, Domingo Baiano? Pedro Mina, Paulo Mina, Domingo Baiano? Quédi esses negro? Pedro? Paulo? Domingo? Sunceis num viro esses baiano? Fala, seus istrumi! Quédi esses negro? Miguer, oia esses negro qui eu vô falá com sô Antero!

Prudente parte atrás de Antero, alcançando-o na escada da cozinha.

— Como assim? Fugiram? Prudente, você mais dois capatazes não deram conta de algumas dezenas de escravos? Vou falar para o Barão! Volta pro terreiro e não deixe mais nenhum negro fugir! Ou melhor, recolhe logo pra senzala e dispensa os libertos! Quantos fugiram, Prudente?

— Os três baiano, sô Antero.

— Coloque os negros pra dentro e aguarde no terreiro.

Antero alcança a cozinha, atravessa em poucos passos o corredor que dá na sala de jantar e, desculpando-se, comunica o ocorrido ao Barão.

— Não é possível! Você guardou os escravos? Aqueles baianos bem que estavam num preço muito baixo. Eu devia ter desconfiado da esmola muita. Como foi que Prudente deixou isso acontecer? Mas deixe, não vamos sair à procura de nenhum negro fugido. A patrulha das estradas vai encontrá-los, Antero. Amanhã será um dia cheio, e os preparativos ainda não terminaram. Era o que me faltava! Pode ir, Antero! Mas feche bem a senzala. Já me basta esse prejuízo!

— Está bem, Barão. Mas as patrulhas não estão dando conta. Tem muito negro fugido, e eles estão fazendo serviço de capitão de mato, Barão. Não tem mais patrulha.

— Fale baixo, Antero. A negrada não pode ouvir isso.

Em sua choupana, Pai Chico está em seu ritual noturno. Alimenta o fogo quase extinto com pau canela, "É madêla qui queima divagá, Inácia". Acende o cachimbo, retira da parede com toda reverência seu objeto de fé, bafora nele três vezes, o pedaço de pau com penas e miçangas é envolto em fumaça. Pai Chico não tarda em dar falta:

— Inácia, qui é di Zesuis Clistim du Santantonho?

— Tilei eli du confolto, Chico — responde Inácia, olho no angu que já engrossa.

— Plu quê?

— Pla poltegê Cosmi, Chico. Pludenti qué botá eli nu tlonco. Dispoisi qui passá eu volta Zesuis Clistim plu colo du santu.

— Maisi num podi pelde mininu, Inácia. I tem qui voltá di calqué jeito.

— Tá bão, Chico. Maisi dispoisi du Cosmi ficá salvo. Eu boto cumida plu santu e plu mininu Zesuis. I boto di volta no lugá. Agola comi angu!

— Blatolomeo? Ô Blatolomeo? Suncê tá acoldado?

Do outro lado da parede de barro:

— Qui foi, Chico?

— Suncê pegô puíta pla amanhã, Blatolomeo?

— Peguei, Chico!

— I caxambu, Blatolomeo?

— Peguei, Chico!

— I candoguêlo, suncê pegô?

— Peguei tomém, Chico!
— Afinô?
— Chico, nois afina é na hola! Num dianta afiná antis. I quem afina é os mininu. I me dêxa dlumi! Boa noiti!
— Boa noiti, Blatolomeo e Ana... Blatolomeo?
— Qui é?
— Suncê limpô gameleila?
— Eu não. I suncê, limpô?
— Não.
— Intão tá suja.
— Amanhã eu limpa, Chico. Pala de lenga lenga sunceis dois. Vai dlumí. — Ana Cabinda acaba com a conversa.

Já na senzala, a conversa ainda não cessou, Cosme espanta o sono de Damião com sua angústia. Naquela noite de maio, corpos próximos encolhidos sobre a esteira de palha, até a cabeça está dentro da baeta. Só a voz dos irmãos por entre os fios do tecido grosso de algodão, aos sussurros:

— Suncê viu, irmão? Os baiano fugiro. Mais eles num conheci nada aqui, casi num tem mais mata. Candu eu vô na cidadi, casi qui só vejo café, num tem mais mata. Ondi qui elis vai siscondê?

— Num sei, Cosmi. Elis devi di conhecê a mata da Santa Helena, num é longi, Cosmi.

— Elis num é bobo. Fugiro antis da festa. Ara! Si elis tivessi chamado eu, eu ia.

— Ia pra ondi, Cosmi? Os volanti fica tempo todo nas istrada di noiti, ia pegá suncê. Ia apanhá qui só.

— Meu castigo tá pormetido, Damião. É só passá festa do Barão qui eu vô pru tronco. Prudenti já pormeteu. Apanhá lá ô apanhá aqui. Aqui já é certo, Damião.

— Qui é di sua fé, irmão? Reza pra Nossinhora qui ela sarva suncê! Reza Ave-Maria di manhã i di noiti, Cosmi, suncê vai vê...

— Eu falei pra Mãe Inácia, ela dissi qui vai pedi pru santu portegê eu. Fazê promessa pra livrá eu do tronco. Ela vai pedí Pai Chico tomém fazê reza forti pra Incossi. Pai Chico dissi qui manhã vai juntá cumba dispois do songo. Vô pedí eli proteção prus morto, pra mãe, pra pai. Pai Chico fala com us morto. Pai Chico dissi qui nossos morto nunca abandona nois, tá aqui tempo todo, mais nois tem qui honrá elis. Suncê tá ouvindo, Damião? Damião? Ara, drumiu. *Damião, vô seguí seu conseio. Reza nunca qui é dimais. Ave Maria, chêa di garça, o sinhô é covosco... Santa Maria, mãe di Deus... rogai pru nois... us pecadô... agora... i... na hora di nossa...* — Cosme, na esteira de palha, é embalado pela rede da noite.

Clementina, naquela madrugada, foi acordada não pela marcha ressonante das botas do Barão, mas pelo cheiro do café que vinha da cozinha.

— Bom dia, Clementina!

— Bom dia, sinhô. Foi sinhô qui feiz café?

— Claro, Clementina! As carnes estão prontas, Clementina? E os molhos? E os sucos? Flores colhidas de véspera no jarro! Muito bom, Clementina! Tudo brilhando na sala de jantar e no escritório! Hoje vai ser um grande dia! Além de tudo, eu também quero muita alegria. De todos! Fale para Juvêncio limpar a alameda das palmeiras e buscar o padre Zé Maria! É para receber os convidados lá na porteira e trazê-los um por um até o alpendre, Clementina! Abra a capela e deixe arejar o lugar para quando o padre chegar. E coloque umas flores de mexerica no altar também! Vai ser uma recepção de gala! Prepare também as camas dos quartos vazios para se alguém quiser repousar depois do almoço. E me dê a chave de seu quarto, Clementina! Muito bem. O céu está sem nuvens e não tem feito muito calor! Vai ser um grande dia, Clementina!

— Sim, sinhô! — Clementina se espanta com tanta vitalidade da parte do Barão de Santô Antônio. — *Frô no artar, quarto prus hóspidi, ah! Falá com Juvêncio pra limpá alameda. Ai, será qui isqueci arguma coisa? Qui será qui Balãozim qué no meu quarto?*

No terreiro, é a vez de Damião puxar a reza diária, as fileiras negras, mulheres de um lado e homens do outro, a formarem um corredor pelo qual o Barão, para surpresa de todos e de forma inédita até então, desfila até se colocar ao lado de Prudente e dos outros capatazes.

— Como vocês sabem, hoje é dia de festa. Vamos acabar de limpar o terreiro, nada de grãos nem de sacas. Só vai ter mesas e cadeiras aqui. Todos de roupa nova e limpa! Clementina já separou pé, rabo, costela e orelha para vocês. Mistura para o feijão, como vocês gostam. Depois do jongo para os convidados, tem cachaça e paçoca, mas só depois. Daqui a pouco, o padre Zé Maria vai chegar para confessar vocês, batizar, casar e rezar missa. Mas para comungar tem que confessar. Então, acabem de arrumar o terreiro e vão fazer fila na porta da capela para receber o padre Zé Maria. Andem!

Vassouras e mais vassouras estridentes arreliam todos os pelos. Em pouco tempo, retiram os restos do eito e deixam apenas as marcas de varrição, estrias alongadas que se cruzam e cobrem todo o terreiro, em breve, indiferentemente pisoteadas.

As fileiras de negros de roupas brancas se transportam para a porta da capela. Os mais velhos na soleira, e Isabel acalentando o ainda pagão e quase livre Jovino, do rol da fazenda para o rol dos cristãos. Nascido de ventre livre e cordão umbilical com cheiro de café coado na hora, o pequeno Jovino não cessa o choro.

Cosme para a charrete ao lado do alpendre e ajuda Padre Zé Maria, que, ao ver o tamanho da fila, vai direto para dentro da capela. Retira o corpo e o sangue de Cristo de dentro de sua maleta, colocando-os de lado no pequeno altar, solicita uma bacia com água, distribui os breviários pelas cadeiras e bancos e ordena:

— Os pagãos primeiro! — Isabel entra balançando Jovino, "Carma, Jovino", envergonhada pelo choro constante. — É sempre assim, o demônio que se debate para não entregar o rebento a Cristo! Jovino, eu te batizo *in nomine Patris et Filii et Spiritus Sanctus*! Satanás continua se debatendo, mas em breve vai embora. Fique tranquila!

— A água que escorre pela nuca de Jovino só aumenta seu choro, agora um choro resfriado.

Voltando-se para a fila à sua frente, na soleira, padre Zé Maria ordena:

— Agora, os pecadores! Ajoelhem-se. *In nomine Patris et Filii et Spiritus Sanctus*! Repitam comigo: Ó Deus de Misericórdia, tendes piedade de mim, pecador... Eu tenho pecado e, se disser outra coisa, sou um mentiroso... e não há em mim verdade... Os vossos olhos sempre atentos... sobre mim sempre veem tudo quanto tenho de imperfeito e criminoso... e os meus pecados não vos são escondidos... Fazei que eu os conheça... pois quem conhece os delitos de si próprio?... E fazei que eu conheça o número... a enormidade tudo quanto me é necessário conhecer... para os confessar com sinceridade... e detestá-los com eficácia... Dando-me o conhecimento... dai-me também o ódio e a detestação... Formai em mim o peso de os haver concebido... e o propósito de nunca mais os cometer... Dai-me o espírito de penitência... e quebrando a dureza do meu coração... fazei sair dele lágrimas de arrependimento... assim como em outro tempo... tendo feito no deserto tocar o rochedo... o mudastes em fonte de água viva... E para que as lágrimas que eu derramar diante de vós... formem um banho saudável... que cure e vivifique a minha alma... misturai-as com as lágrimas e com o sangue que Jesus Cristo vosso Filho tem por mim derramado... e atendei a elas, acendendo no meu coração... o fogo do vosso amor. Amém. Quem é o primeiro?

Padre Zé Maria retorna para dentro da capela seguido pelo crioulo Ifigênio. Senta-se numa das cadeiras e, com um movimento, indica para o pecador se ajoelhar novamente, que o faz não sem antes beijar-lhe a mão. Entre o ajoelhado e o sentado, uma mureta que serve de apoio aos cotovelos e contrição diante das imagens de Jesus na cruz e no colo de Santo Antônio.

— Qual seu nome?
— Ifigênio, sinhô padri.
— Ifigênio, repita comigo: Padre, acuso de todas as mentiras, juras e pragas de toda vida...

— Padri, cuso di todas mintira, jura e praga di toda vida...

— ...de todas as faltas, tanto das missas, ofícios divinos e jejuns da Igreja...

— ...di todas as farta, tanto das missa, ofício divino e jejum da Irguêja...

— ...como de piedade, de caridade e de castidade...

— ...como di piedadi, caridadi e di castidadi...

— ...por pensamentos, palavras e obras...

— ...por pensamento, palavra i obra...

— ...de todos os ódios, indignações, vinganças, falsos testemunhos, murmurações...

— di todos ódio, indigações, vingança, farso testemunho, mrumruração...

— ...faltas de verdadeira justiça e inteireza de que devia usar com meu próximo e não usei...

— ...farta di verdadêra justiça e interêza di qui divia usá com meu pórximo i não usei...

— ...de todas as excomunhões, censuras, sacramentos nulos...

— ...di todas ixcomunhão, censura, sarcamento nulo...

— ...comunhões sacrílegas e de todas as mais culpas...

— ...cominhão sarquílega, e di todas mais curpa...

— ...assim mortais como veniais de toda a vida me acuso...

— ...ansim mortar como veniar di toda vida mi cuso...

— Eu, pecador, me confesso a Deus Todo-Poderoso, à Bem-Aventurada sempre Virgem Maria...

— Eu, pecadô, mi confesso a Deus Todo-Poderoso, à Bem-Arventurada Sempri Virgi Maria...

— ...ao Bem-Aventurado São Miguel Arcanjo, ao Bem-Aventurado São João Batista...

— ...ao Bem-Arventurado São Miguer Arcanjo, ao Bem-Arventurado São João Batista...

— ...aos Santos Apóstolos São Pedro e São Paulo, a todos os santos...

— ...aos Santo Arpósto São Pedro i São Paulo, a todos os santo...
— ...e a vós, padre, que pequei muitas vezes por pensamentos, palavras e obras...
— ...i a vós, sinhô padri, qui pequei muitas veiz por pensamento, parlavra i obra...
— ...por minha culpa, minha culpa, minha grande culpa. Amém.
— ...por minha curpa, minha curpa, minha grandi curpa. Amém.
— Ifigênio, meu filho. Você tem amado a Deus sobre todas as coisas?
— Sim, sinhô padri, junto com Jesuis i Nossinhora.
— Usou o Santo nome de Deus em vão?
— Eu uso nomi di Deus só pra argadecê, sinhô padri.
— Você respeita os domingos e os dias santos?
— Candu feitô manda nois trabaiá, nois trabaia, sinhô padri. Eu pedi perdão i trabaio.
— O Barão manda vocês trabalharem domingo e dia santo?! A ver com o Barão! E honrar pai e mãe?
— Eu num tem pai nem mãe, sinhô padri, mais rezo pra elis todo dia.
— E matar, Ifigênio, você já matou?
— Só cobra, saúva, porco. I paca pra cumê. Genti nunca matei não, sinhô padri.
— E castidade? Você guarda castidade?
— Sim, sinhô padri. Só conheço Filomena, sinhô padri.
— Mas vocês são velhos, não procriam mais! É pecado! Não pode, Ifigênio!
— Nem com muié da genti, sinhô padri?
— Não, Ifigênio, nem com mulher da gente. Bobiça é só para ter filhos, Ifigênio! E roubar, você rouba, Ifigênio?
— ...
— Ifigênio, me responda! Você rouba?
— Às veiz, eu pega abóbra i paca du mato.
— Você tem que pedir, Ifigênio! Não pode pegar sem consentimento! E mentir?

— Não, sinhô padri.

— Cuidado, Ifigênio, mentir para o padre na confissão é dez vezes mais grave! Deus sabe tudo! Não adianta mentir para mim!

— ... Sinhô padri, dizê qui acabô serviço candu nois num guenta mais di cansadu é mintira?

— É! — Padre Zé Maria olha para o sexagenário, corpo curvado sobre os joelhos. — Mas, se terminar o serviço depois, não é pecado. Você deseja a mulher do próximo, Ifigênio?

— Si eu qué muié dus ôtro, sinhô padri?

— É, Ifigênio. Mulher dos outros! Você cobiça?

— Não, sinhô padri... eu já cobiçou, mais num cobiça mais. Eu já quisi casá mais Inácia, maisi ela num quisi eu. Inácia iscoieu Chico.

— Isso não é pecado, Ifigênio. Mas depois de eles se casarem você continuou cobiçando?

— Elis num é casado, sinhô padri.

— Isso, sim, é pecado. Um pecado perante Deus e a Igreja. E você cobiça coisas, Ifigênio?

— Eu cobiça sê lirvi qui nem Barãozim, sinhô padri. É pecado?

— Não, Ifigênio, mas tem que ser manso de coração. Não pode ser rebelde nem violento. Vai, reze cinco Padres-Nossos e cinco Ave-Marias por causa da falta de castidade, do roubo e da mentira. *In nomine Patris et Filii et Spiritus Sanctus*! O próximo!

Damião vem passando entre seus pares, pedindo licença:

— Dêxa eu passá, genti! Eu vai pegá seu Benevidi daqui um tanto! A bênção, sinhô padri! — Damião beija a mão do padre enquanto se ajoelha.

— *In nomine Patris et Filii et Spiritus Sanctus*!

Damião faz o pela-cruz enquanto recebe a bênção.

— Seu nome?

— Damião, seu padri.

— Damião, você tem amado a Deus sobre todas as coisas?

— Sim, sinhô padri.

— Você usa o santo nome de Deus em vão?

— Não, sinhô padri.

— Você respeita os domingos e os dias santos?

— Sim, sinhô padri. Só trabaio dia santo candu Barãozim manda. Mais num gosto, é pecado.

— Você honra seu pai e sua mãe, Damião?

— Eu num tem nem pai nem mãe, sinhô padri, só de quiarção. Pai Chico i Mãe Inácia.

— Aqueles que vivem em concubinato?

— Quê, sinhô padri?

— Aqueles que vivem juntos sem estarem casados, Damião. Eles são pecadores! Você não pode chamá-los de pais.

— Mais foro elis qui quiaro eu i meu irmão ibeji, sinhô padri.

— Irmão ibeji? Esse nome não é cristão!

— Num é nomi deli, sinhô padri. Ibeji é irmão qui nasci junto.

— Você quer dizer "gêmeos", Damião? Tem que falar "gêmeos", não isso aí que você falou. Qual o nome dele?

— Cosmi, sinhô padri.

— Ele não veio confessar também?

— Não, sinhô padri. Eli num quirdita na irguêja.

— Você sabe que ele vai pro inferno, não sabe, Damião? Você tem que salvá-lo. Você já matou, Damião?

— Não, sinhô padri.

— Você guarda castidade, Damião?

— Quê, sinhô padri?

— Castidade, Damião... castidade! Frequentar mulher, Damião!

— Deitá com muié? Aqui na fazenda casi num tem muié, sinhô padri!

— E onanismo, Damião?

— Quê, sinhô padri?

— Onanismo é... é... esquece, Damião. Você já roubou?

— Não, sinhô padri.

— Já mentiu?

— Não, sinhô padri.

— Tem certeza?

— Sim, sinhô padri.

— Você deseja a mulher do próximo, Damião?

— Não, sinhô padri.

— Tem certeza?

— Sim, sinhô padri.

— E você cobiça coisas dos outros, Damião?

— Não, sinhô padri.

— Tem certeza?

— Sim, sinhô padri. Eu num qué nada dus ôtro.

— Você não tem pecado, Damião?

— Não, sinhô padri.

— Blasfêmia! Isso é pecado, Damião! Todos temos pecados! E temos que nos arrepender deles! Vá! Reze vinte Padres-Nossos e vinte Ave-Marias, tente se lembrar de seus pecados e se arrependa deles! A penitência é de joelhos e em jejum!

— Jejum, sinhô padri?

— Isso! Jejum! Até de noite não pode comer nada, água só um pouco!

— Hoji? Hoji é dia di festa, sinhô padri.

— Isso, hoje! A partir de agora, Damião! A soberba é um grande pecado! Onde já se viu, não ter pecado!? O próximo!

— Sim, sinhô padri. Vinti Padri-Nosso i vinti Avi-Maria em jejum.

Damião, na soleira da porta e chapéu de palha retorcido nas mãos, volta-se nos calcanhares e pede a palavra:

— Sinhô padri?

— Diga!

— Eu lembrei qui mintí pru feitô uma veiz, sinhô padri. Eu dissi qui tinha cabado serviço mais num tinha cabado.

— Melhor assim! Falar a verdade, sempre! Deus sabe tudo!

— Quar a penitênça agora, sinhô padri?

— Agora é trinta Padres-Nossos e trinta Ave-Marias.

— Só, sinhô padri?

— Você quer quarenta, Damião?

— Não, sinhô padri, num careci. Trinta Padri-Nosso i trinta Avi-Maria tá bão. — Damião retira-se rapidamente, antes que padre Zé Maria lembre-se do jejum. Vai em direção à charrete, desfiando suas orações em voz baixa, contando-as uma a uma. — *Ara! Canto qui é trinta? Eu só sei contá inté deiz... Vô rezá mais dois Padri-Nosso i Avi-Maria... mais deiz qui já rezei devi di dá trinta.*

Suas divagações são interrompidas:

— Ainda aqui, Cosme? Benevides já deve estar esperando na cidade!

— Eu só vim confessá, sinhô Barão! Eu sô Damião, sinhô Barão.

— Além de preto ser tudo igual, ainda vêm gêmeos. Vai você mesmo, Damião. Benevides e a família não podem esperar. Você sabe chegar lá?

— Sim, sinhô Barão.

Damião não aguarda segunda ordem, subindo na charrete. Da porta da capela, o Barão interrompe a confissão de Filomena:

— Padre Zé Maria, obrigado por aceitar o convite! Essa fila está grande, não? Pelo jeito, é muito pecado que esses escravos estão cometendo. Já estou desconfiado!

Padre Zé Maria, desconcertado, atende ao Barão.

— Senhor Barão, bom dia! É meu ofício tentar salvar essa almas do inferno. Essa herança africana passa de pai para filho. O Barão vai querer se confessar?

— Padre, me perdoe. Hoje é dia de festa, muito por fazer. Se eu não cuidar de tudo, nada acontece. Mas eu prometo na semana vindoura ir até a igreja. Essas confissões ainda vão demorar muito, não é, padre? O café está esfriando no bule.

— Eu já resolvo, Barão. É muito pecador junto, mas eu resolvo. Pode ir cuidar dos seus afazeres, Barão, que eu já estou indo também.

Com o Barão pelas costas, padre Zé Maria volta-se para a fila que aguardava em pé e concede bênção coletiva:

— *In nomime Patris et Filii et Spiritus Sanctus*! Cada um de vocês, rezem dez Padres-Nossos e dez Ave-Marias. Façam um exame de consciência e arrependam-se de seus pecados de todo o coração! Vão logo para suas lidas. — Padre Zé Maria retira-se antes de todos, subindo as escadas do alpendre e entrando na casa-grande sem ser anunciado ou conduzido. Ainda encontrou o café quente.

No terreiro varrido, o Barão procura por Prudente, sem sucesso. Vasculha porões, terreiro, tulhas, até senzala. Por fim, encontra-se com Miguel:

— Que é de Prudente, Miguel?
— Bom dia, sinhô Barão! Sô Prudenti tá no mato.
— Ah! Quando ele acabar, avise que estou precisando dele!
— Tá bão, sinhô Barão!

Na sala de visitas, padre Zé Maria, num primeiro momento, não chega a ser percebido pelo vaivém de escravas e sinhás. É D. Inês, taças de cristal entre os dedos, quem nota sua presença.

— Padre Zé Maria, que honra a sua visita! A bênção. — D. Inês se apressa em beijar-lhe a mão, oferecendo de imediato a cabeceira da mesa de catorze lugares, criteriosamente disposta para os convidados da manhã. — O senhor aceita broa, café, leite? Merenciana, sirva o padre Zé Maria. Padre, com sua licença, mas parece que chegaram mais alguns convidados.

— Sim, minha filha, pode ir, não se preocupe comigo — diz padre Zé Maria, de frente para a mesa de oito metros de comidas e bebidas, quentes e frias.

Aos gritos, da varanda da cozinha, o Barão pergunta novamente a Miguel por Prudente.

— Inda não chegô, sinhô Barão!
— Mas não é possível! O que será que o Prudente comeu ontem? Encontre-o e diga que eu o quero aqui de qualquer jeito, Miguel! — O diálogo é interrompido. — Já vou receber os convidados, Clementina. Ache Antero para mim. — Ato contínuo, o Barão se afasta.

No terreiro:

— Suncêtá rindo di quê, preto véio? — Miguel se irrita com Bartolomeu ao seu lado.

— Nada, sô Miguer! — Bartolomeu se afasta, sorriso espremido entre as gengivas lisas, aproximando-se de Cosme, em voz baixa: — Ukata mu mala, muene ufula o kilu. Quem tem dô di barriga, vela toda noiti. Ih, ih, ih! Todo dia tomém! Ih, ih, ih!

— Sô Bratolomeo, Pai Chico rogô praga pra Prudenti, num foi? Eu uví lá no cafezar!

— Prudenti é muito ruim, Cosmi. Nois num guentam ardadi deli. Dô di barriga num mata, Cosmi, mais faiz perdê festa. Ih! Ih! Ih! I Barão qué falá mais eli di carqué jeito. Ih! Ih! Ih! Eu num quero tá perto, Cosmi. — Bartolomeu se afasta, tapando o nariz e rindo.

O Barão de Santo Antônio, em seu melhor terno, botas reluzentes, chicote substituído pela bengala e corrente do relógio de bolso à mostra, recebe efusivamente Benevides e sua família:

— Meu caro amigo Benevides! Senhora Ernestina! Sejam bem-vindos à minha humilde fazenda! Vejo que a minha esposa Inês já os acomodou muito bem! Não precisam se levantar, aproveitem o café! Inês, não estou vendo as geleias francesas. O meu amigo precisa experimentar a de abricó! Divina! Nos transporta para as margens do Sena! O meu amigo conhece a terra de Victor Hugo, por certo. Foste ao Le Chat Noir? Não? Uma maravilha! Não sabes o que está perdendo! Tanto sucesso, que dizem meus amigos do Rio de Janeiro que estão a construir um outro com um moinho vermelho no telhado! Que tal no próximo verão europeu? O senhor é meu convidado, amigo Benevides! Conheces aqui o Antero, pois não? Sirvam-se, crianças! Que belo mancebo seu filho, dona Ernestina! Deve ter muitas moçoilas respirando fundo pelos salões de Vassouras, pois não?

— Senhor Barão, estou lisonjeado com a sua recepção. Sua fazenda, desde o pórtico até aqui, está um verdadeiro brinco. É a joia do Vale. Mas, me diga, qual o motivo da festa?

— Ora, meu amigo! É para comemorar a grande safra de café deste ano! Mal começou a colheita e as tulhas e os armazéns já estão abarrotados! Quase não durmo de tanto trabalho, amigo! Antero, meu administrador, já até me pediu um aumento, não é, Antero?

E vou lhe dar mais do que pediu! Para a semana vou mandar as tropas descerem para a estação do Desengano trezentas sacas de café da melhor qualidade.

— Trezentas, senhor Barão? Realmente, o senhor é um afortunado! Os seus pares não têm tido a mesma sorte que o senhor, Barão de Santo Antônio!

— Sabe por quê, meu amigo? Santo Antônio me protege em tudo! Meu avô deu o seu nome à nossa fazenda, e meu pai ganhou o título de Barão das mãos do próprio D. Pedro II! Ao saber da prosperidade depois de tantas décadas de trabalho incansável, concedeu-me também o mesmo título, só que agora como o Barão de Santo Antônio, o que muitíssimo me honra. O Imperador é mais que um nobre, é um justo, enviado de Deus. Viu tudo que fizemos ao longo desses anos pelo Império e nos reconhece, meu amigo! É por isso que a prosperidade e a abundância sempre nos acompanharam e, especialmente neste ano, nos agraciaram com ainda mais.

— Muito bom, senhor Barão! Muito bom! Nesses tempos de preço baixo de café, é realmente notável. Ainda mais com a concorrência dos paulistas, não é verdade? Eles têm um preço inigualável!

— Vamos dar uma volta pela fazenda, amigo Benevides? Antero, faça-nos companhia! Vamos a cavalo, mas antes vamos até o terreiro! Aguarde só um momento, por favor. Clementina, daqui a uma meia hora mande a escrava nova procurar Prudente, tem um serviço para ela lá no terreiro.

— Tá bão, sinhô — responde, a bandeja cheia de louças e talheres.

— Vamos logo que, quando voltarmos, já é hora do almoço! — Tomando a frente, o Barão desce as escadas do alpendre rapidamente, procurando por Cosme. — Os cavalos estão selados, Cosme? Bom. Encontre Prudente e entregue essas chaves para ele. Ele já sabe o que é para fazer!

— Tá bão, sinhô Barão!

Virando-se para os homens que vinham logo atrás, já em montaria, o Barão aponta distraidamente para as centenas de sacas de café estrategicamente enfileiradas bem à frente do depósito, barreira maciça como trincheiras de guerra, alguns grãos espalhados pelo chão, indiscretas cápsulas de projéteis deflagrados. Mais à frente, enquanto fala do tempo e dos "Malditos abolicionistas", indica as tulhas "Abarrotadas, meu amigo!" tomando a trilha dos cafezais mais jovens, mas já sem frutos há alguns anos. Vão em direção aos arbustos da encosta da pedreira, último resquício de grãos, verdes ou por colher.

— Percebe o quanto trotamos até aqui, meu amigo Benevides? Mais de trinta minutos em marcha e todos os pés já colhidos, só agora é que chegamos aos grãos intactos. Mas vamos voltar, que daqui a pouco sai o almoço e de tarde nós podemos ver o outro lado da fazenda. Lá tem o triplo de café por colher ainda!

— Estou impressionado, Barão! Mas não precisa ter esse trabalho. Já entendi o quanto o senhor tem de café por colher aqui na sua fazenda. Ao almoço, então!

De volta ao terreiro, o intenso vaivém dos escravos e convidados em dia de festa, gamelas para um lado, madeiras e mais madeiras para o outro. Caldeirões fumegando e espalhando o cheiro de feijão com banha de porco pelo ar, despertando a fome às onze horas da manhã. Também suspensa, mas vinda de mais longe, a ladainha da missa preenche os ouvidos.

— Que odor maravilhoso, não é, meu amigo? Mas vamos enganar a fome um pouco. Venha, eu tenho aqui no porão a melhor das cachaças do vale. A não ser que o amigo prefira uísque?!

— Não, senhor Barão. Vamos à cachaça. Mas estou escutando algo, parece que o padre Zé Maria já começou a missa.

— Meu amigo Benevides, deixe esse negócio de missa com as mulheres e os escravos. Prudente! Ô Prudente! Você já organizou o porão para o nosso amigo?

— Sim, sinhô Barão!

— Que cheiro é esse, Prudente?

— Cheiro, sinhô? — Prudente está vermelho de vergonha.

— É, esse cheiro horrível! Esqueça! Mostre aquela cachaça para o nosso amigo. E sirva o regalo. — Voltando-se para Benevides. — Eu vou organizar algumas coisas lá em cima. Daqui a pouco nos revemos, meu amigo.

— Venha, sinhô Benevídi!

Abaixando um pouco a cabeça, entram na parte mais úmida e escura da casa, logo cegados pela quase absoluta falta de luz, em contraste com a também cegante claridade de fora. Mas o lampião, já aceso na mesa de entrada, os ajuda aos poucos a recobrar a visão. O espocar da rolha espalha no ar frio um cheiro de álcool adocicado que só as boas cachaças têm. Na boca, cana e madeira completam as sensações.

— Essa tá guardada na umburana vai pra mais de dez ano, sô Benevídi!

— Que maravilha, Prudente! Mais um copo, por favor! — O espocar da língua no palato espalha ainda mais o aroma pela boca. — Agora eu vejo, tem pra mais de cem garrafas aqui no porão, Prudente!

— Mais uma, sô Benevídi! E o sinhô ainda não viu as especiar lá do fundo do porão.

— Melhores que essa? Impossível! — Dose em cima de dose, de estômago vazio, o efeito não tarda.

Benevides, exalando álcool, segue Prudente, tenteando piso e parede. Pensa ouvir soluços vindo da parte mais escura daquele subsolo, "Deve ser alguém chorando na missa do padre Zé Maria", engano que logo se desfaz ao ver, sob a luz do lampião deixado por Prudente, um corpo negro encolhido contra a parede de pedra do fundo do porão.

O tilintar das fivelas que se abrem sofregamente, o hálito de cachaça na sua nuca, a boca tapada por aquela mão fétida de tabaco e suor, as suas espalmadas contra a parede fria. Seu corpo, imprensado e penetrado, deixando de ser seu, queixo apontando para o teto escuro e pedregoso, pernas afastadas pelas botas com esporas, hábito nunca perdido por aquele funcionário do Banco do Brasil filho de fazendeiro. Estaca com pregos a lhe rasgar por dentro do corpo e a alma. Na outra mão, a garrafa pela metade, a outra parte sorvida de um só gole, copo largado ao chão na primeira visão do pedaço de carne em forma de gente. Tudo convergido para os olhos injetados de ódio e vergonha de Merenciana, única parte de seu corpo nitidamente visível naquela penumbra, quando abertos. Tudo ignorado por Benevides, em sua retina apenas as éguas no cio, posição que nunca ousara em sua cama, lembrança dos pastos da sua juventude. A massa de carne quente lhe dando, involuntariamente, o calor latejante. Não mais que dois ou três minutos, outro tanto para conseguir, aos tropeços, afivelar as calças. O novo tilintar, gongo final do ato, senha para sair daquela caverna impregnada de umidade e odores doces e ácidos, o sol novamente a cegar quem ousa contra ele, o mito da caverna deturpado. E seu guardião, Prudente, de volta do mato, chave passada com duas voltas nas portas do fundo e do terreiro.

— Onde você estava, meu marido? — Ernestina sussurra, enquanto o padre Zé Luiz faz o sinal da cruz derradeiro da missa dominical.

Benevides, inclinando na cadeira para o lado contrário da esposa, cabelos empapados e grudados à testa, não hesita, a resposta entre soluços:

— Andando a cavalo com o Barão pelo cafezal, Ernestina.

— Cafezal ou alambique, senhor Benevides? Que vergonha! Bêbado na missa! — Ernestina, forçando passagem entre as cadeiras, quase derruba o trôpego marido. Passos duros entre os escravos ajoelhados de um lado e do outro da capela e fora dela, a ladainha de Santo Antônio. "Santo Antônio, rogai por nós! Intercedei a Deus por nós! Pregador do Evangelho, Intercedei! Pelo povo abandonado, intercedei", negra cantoria a enervá-la ainda mais até a porta da casa-grande. Esquece-se da anfitriã e de suas filhas, um tanto surpresas, sinais da cruz apressados e abreviados. Na soleira da capela, padre Zé Maria em passos apressados em direção ao alpendre, traz até a borda da escada a miniprocissão que rapidamentese desfaz em direção ao terreiro. Tanto para os que sobem as escadas quanto para os que tomam o caminho da senzala, o ubíquo odor de comida.

Benevides, o último a chegar à mesa da casa-grande, passos lentos e hesitantes, recebe do Barão de Santo Antônio a cabeceira:

— Venha, meu amigo! Sente-se aqui! Senhora Ernestina, eu lhe devo desculpas. Desencaminhei seu marido com a minha reserva especial de cachaças, aquela que eu guardo para momentos como esse. Mas nada que meia hora de sono não recomponha, não é mesmo? Que tal, meu amigo, aprovou a envelhecida?

— Sem dúvida, senhor Barão! Excelente qualidade! A sua recepção parece-me coisa dos deuses. — A simulação de um brinde que, real, teria molhado o tapete de D. Inês.

— Deus Baco, não é, senhor Benevides? — Ernestina se irrita com a voz arrastada do marido.

— Vamos, meu amigo! Não se acanhe! Sirva-se à vontade! Acompanhe-nos, senhor Adélio, Barão do Alto Paraíso! Meu amigo e vizinho! O meu amigo Barão também aprecia parati? Ah! Sim, prefere uísque! Também o tenho. Clementina, traga uma garrafa de uísque. Qualquer uma!

Com a velocidade que o peso dos setenta anos permite, Clementina vai até a despensa, chave na cintura, confiança só dada a ela. Da varanda da cozinha, provoca gritaria:

— Clementina! Vem cá mais nois, Clementina! Os rabo de porco tá cabando! O angu tomém, Clementina! Rápido, Clementina, o Binidito Cambá já tá mais bebo qui gambá! Ih! Ic! Ih! Ic! Vem mais eu, minha preta! Quelé, anda, Quelé! O povo num guenta mais esperá! Suncê vai peldê a paçoca, Quelé!

— Num posso! Só dispois di acabá aqui! Só tem a Dita pra mi ajudá! Merenciana sumiu! — Clementina, já de posse das garrafas de uísque, num rompante, arremessa uma delas para Cosme no terreiro.

— Ara! Qui garrafa bunita, sô! Brigadu, Quelé! Essa cachaça devi di sê das boa... — A frase quase não se completa, pois o primeiro gole na boca da garrafa é cuspido longe. — Troço ruim, Quelé! — A garrafa de uísque importado vai parar numa moita, emborcada.

— Ih! Ih! Vô vortá! Barãozim tá isperano uíque.

— Quementina, eu sobi i suncê desci um pôco — Ana Cabinda fala já com o pé descalço na escada, assumindo a tarefa doméstica.

Em meio àquela falação, um barulho diferente, acompanhado do ranger cansado e estridente de rodas, acaba por atrair a atenção de Clementina. Lampiões, panelas e mais panelas, tecidos lisos, lenços, agulhas e linhas, tecidos quadriculados, botões e mais bo-tões, chapéus de palha, tecidos estampados, bules e chaleiras, cintos e fivelas, medalhinhas e medalhões, pentes e espelhos, colares baratos, cachimbos e rolos de fumo, logo uma negra roda se faz em torno do mascate e suas quinquilharias, mulheres à frente, homens esticando-se por cima das cabeças femininas. Uns negociam preço, outras trocam impressões sobre tecidos e colares, todos estão ali. Uma crioula que vai em direção à senzala, outra que já volta com seus merréis entre os dedos. "Saia procê? Dois metro dá." Pedro Mascate saca o metro de noventa centímetros de sua bengala, vinténs de bronze já em seu bolso, dedos na tesoura afiada, olhos nas mãos alheias. Tesoura que zune o tecido, dobrado em dois tempos, lá se vai o espelhinho sem moldura. "Dois vinténs", moldando o sorriso de Vicentina."Tome! É pra suncê", Martinho a agradar Vicentina. "Penti di tataruga é deiz", agora é Cosme, rival, a atiçar a vaidade de Vicentina."Óia a cobra", é Prudente a provocar Chico Benguela com um cinto de couro, o olhar furioso de Pai Chico, Prudente correndo de novo para o mato. Cosme esticando a medalhinha de Nossa Senhora do Rosário para Vicentina, a troca de olhares interrompida pelo "Ai! Socorro!" de Prudente, calça nos joelhos, a picada da coral defendendo seu espaço, o riso geral.

— Suncê ceita cumê mais nois, sô Pedro? Feijão com tôcinho di fumêro, angu, banana, côve... — Clementina consegue perguntar em meio à algazarra.

— É hora! E com esse cheiro... — Pedro Mascate chega perto da fogueira armada sob os caldeirões suspensos em grossas varas de óleo vermelho. Orelhas, rabos e pedaços de toucinho se desmanchando no caldo de feijão preto. Prato de flandres retirado de sua carroça, vai pescando os negros pedaços ainda inteiros, recobrindo-os com o amarelo do angu e o verde da couve.

Fogueira que não se apagará neste dia, os cuidados de Chico e Bartolomeu se revezam para que as brasas se mantivessem, luz para o jongo que começará no lusco-fusco do entardecer. Todos aos poucos vão recostando pelos cantos, embaixo das mangueiras ou da mesa de catação, mesmo sob o famigerado tronco, dentro das senzalas. O excesso dos regalos, cana e gordura, derrubando mais que um dia intenso de eito.

Bartolomeu derrama um pouco de cachaça sobre o candongueiro, caxambu e puíta encostados na porta da senzala, à espera. Aproxima o tambor da fogueira, esticando o couro e afinando o som que sai do oco do tronco escavado. Aproxima e afasta, cuidando para não passar do ponto ou furar o couro. Aos poucos, reverberando nas folhas e no ar, os toques vão se sucedendo, ora mais lentos, o eco que se apura, ora mais rápidos, sequenciando os ritmos que serão cadenciados dentro em breve. Bartolomeu apura os ouvidos, e o sorriso que se esboça no canto da boca mostra que o candongueiro está pronto. É a vez do caxambu.

— Que barulho é esse, D. Inês? — Ernestina estranha o som seco e ritmado que atravessa o terreiro, penetra a varanda da cozinha, percorre todo o corredor dos quartos das irmãs e espalha-se pela sala de jantar.

— São os escravos se preparando para o batuque, Ernestina. Daqui a pouco começa a escurecer, e eles começam a cantoria. Você gostaria de assistir?

— Cruzes, D. Inês! Esse tal de batuque parece chamado do demônio. — Uma leve tontura faz a convidada franzir a testa.

— Que nada! Eles também dançam e cantam. De um jeito muito tosco, é verdade. Não tem a graça nem a elegância das nossas valsas e polcas, mas é curioso!

— É, parece que os macacos sabem não só pular como dançar também. — Maria do Rosário se manifesta.

Ernestina remexe-se na cadeira de palha, o jacarandá do recosto parecendo mais duro do que de costume.

— Leocádia, minha filha, toque algo para nós! Ernestina está incomodada com o batuque dos negros.

Sem partitura, dos dedos de Leocádia sai uma melodia suave. O compasso binário embala as senhoras, tomando conta do ambiente.

— Que música agradável, minha filha. De quem é?

— E como se chama a música, querida? Uma melodia tão agradável! Só pode ser obra de um austríaco!

Leocádia saboreia o silêncio, depois responde:

— O compositor se chama Henrique Alves de Mesquita, minha mãe. E a música se chama "Batuque", senhora Ernestina. — Leocádia, olhos semicerrados, cabeça no ritmo da música, repete a execução, simulando uma partitura à sua frente. Antônia, que tão bem entende a irmã, reprime um riso ao lado da sisuda Maria do Rosário.

— Leocádia?! Você poderia tocar uma valsa vienense, por favor?!

— Sim, mamãe! — Leocádia obedece prontamente, retirando da pilha a partitura de uma polca de Ernesto Nazareth.

No escritório, mal percebendo a música ambiente, debruçados sobre os livros contábeis da fazenda, Benevides e Antero são surpreendidos pela chegada do Barão:

— Recuperado, senhor Barão? O senhor e o Barão do Alto Paraíso não deixaram nem uma gota no fundo da garrafa de uísque, pois não?

— Sim, meu amigo Benevides. Penso que exagerei um pouco. Mas o senhor também, pois não? Estava boa a cachaça, não estava? Bem, quanto a mim, não fosse pela combinação de piano com tambor, eu ainda estaria descansando. Adélio ainda deve estar em algum quarto de hóspedes, repousando. Mas vamos ao que nos interessa. O que os senhores estão olhando?

— Bem, senhor Barão, perdão pela indiscrição. Nós estávamos conversando sobre a fazenda, e o amigo Antero franqueou-me seus arquivos. A bem da verdade, eu já olhei tudo o que eu queria...

— ...Meu amigo, não vamos discutir negócios logo agora! Os negros estão começando o batuque. Vamos assistir! Venha!

Sem esperar por resposta, o Barão arrasta Benevides pelo braço em direção à escada da cozinha. Antero os acompanha. Saindo do escritório, seu convite é quase uma ordem e arrasta consigo Leocádia, a primeira a se levantar, interrompendo a execução de uma habanera. Esta arrasta Antônia, que arrasta Maria do Rosário, que arrasta a mãe, que arrasta Ernestina, muito a contragosto, a cabeça que tanto mais latejava quanto mais alto ficava o som dos tambores.

As cigarras, muitas, a princípio ensurdecedoras, aos poucos vão dando vez aos toques do tambor; o contorno das árvores no lusco-fusco das seis da tarde; o céu sem nuvens, prenúncio de canto e dança noite adentro; o frio que logo se instala depois do poente, tudo concorrendo para uma noite perfeita para o jongo. Do lado esquerdo da fogueira de mais de dois metros, a macumba, reunião dos cumbas africanos e crioulos mais velhos, Chico Benguela, o rei do caxambu, Inácia Luanda, a rainha, Bartolomeu Caboré, João Velho, Ifigênio Crioulo, Benedito Cambá, Maria Crioula, Filomena Congo, Clementina e Ana Cabinda; do lado direito, caxambu, candongueiro e puíta e seus ogãs, os tocadores Cosme e João Novo. À esquerda dos cumbas, Damião, Brás, Juvêncio, Estevão Manco, Filismino, Isabel, João Sabino e todos os outros escravizados. De frente, a assistência do Barão de Santo Antônio, sua família e seus convidados, Prudente de vez em quando.

— Vem, Blatolomeo, senta aqui. Caba logo di plantá bananêla. Vem, Martinho, larga inxada i vem. — Chico Benguela e Inácia Luanda, rei e rainha do caxambu, recebem os cumprimentos dos participantes, o beija-mão. Aproximando-se reverencialmente dos tambores, guizo no tornozelo, Rei Chico ajoelha-se, cabeça inclinada. Cachimbo na boca, uma mão no caxambu, outra no candongueiro, angoma e cangoma silenciados. Fala baixo com João Novo e o candongueiro, ritmo e métrica mostrados ao ogã como um segredo que logo se revela. A voz do Rei do caxambu se eleva:

> — *Eu venho di muito longi*
> *Eu venho cavano tera*
> *Eu venho di muito longi*
> *Eu venho cavano tera*

O ponto é a senha para o candongueiro voltar a rufar alto, seguido do caxambu, cavucando o ar em busca dos ancestrais. Os pares de cumbas se formam. Dançando sem se tocarem, girando um em torno do outro, ao mesmo tempo que se deslocam no sentido anti-horário, respondem:

> — *Cavuca terra di cacunda*
> *Tatu minêro*
> *Cavuca terra di cacunda*
> *Tatu minêro...*

Os mais jovens, esperando a vez de entrar na roda, Damião no meio, puxam as palmas no ritmo do caxambu, também entoando o coro de resposta, *Cavuca terra di cacunda/Tatu minêro/Cavuca terra di cacunda/Tatu minêro*. Antônia e Leocádia, hesitantes, acabam por acertar o ritmo, somente as palmas a princípio, sorrisos incontidos. Já no fim do primeiro ponto, engrossam também o coro de vozes, que o Rei Chico trata logo de renovar:

> — *Eu planto cana, fômiga cóta*
> *Eu planto mandioca, fômiga cóta, sinhô*
> *Eu planto mío, fômiga cota, sinhô...*

Todos os outros emendam:

— Eu guentô, num guenta mais
Como há di sê
Eu guentô, num guenta mais.

Benedito Cambá umbiga Clementina, que volteia no sentido contrário de seu companheiro. Teia invisível a enredá-los, acabam se deslocando na mesma direção. Bartolomeu Caboré e Ana Cabinda, Ifigênio Crioulo e Filomena Congo, João Velho e Maria Crioula, todos os cumbas de pé, formando o cassambe, o jongo devidamente aquecido. Filismino é o primeiro dos jovens a ser puxado por Ifigênio e assumir sua posição na dupla com Filomena Congo, que acena para seu companheiro. O cumba Ifigênio, autoridade conquistada com as décadas de vida, muda o ponto:

— Adeus, adeus
Tá dizendo adeus
Filomena agora tá abanando o lenço.

O coro responsório:

— Adeus, tá dizendo adeus
Adeus, tá dizendo adeus
Filomena agora tá abanando o lenço.

Ifigênio completa:

— A moça que tá na janela
Agora tá abanando o lenço.

O coro devolve:

— A moça que tá na janela
Agora tá abanando o lenço.

Aos poucos, as substituições se sucedem: Estevão Manco atende ao toque de mão de Bartolomeu Caboré e dança com Ana Cabinda. João Sabino assume Maria Crioula. Até Damião, católico avesso a tudo que não é cristão, dá umbigada em Clementina, depois que as pernas do bambambã Benedito Cambá bambeiam. Bartolomeu fica parado no terreiro por pouco tempo, Isabel pula na sua frente, levantando a saia branca.

— A saia di Isabé tá no á
Deixa rodá
A saia di Isabé tá no á
Deixa rodá.

A imediata inspiração do cafuzo liberto.

A Rainha Inácia, cachimbo no canto da boca, participa de tudo de olhos fechados, o calor da fogueira de um lado, Chico Benguela do outro. O Rei se levanta novamente, aproximando-se de Cosme. Lança o novo ponto, imediatamente acompanhado pela marcação dos tambores, a afinação alta do candongueiro combinada com a base do caxambu:

— Ê, meu pai i minha mãe
Meu pai i minha mãe
Aê, eu quelo subí no céu
Qui pai pesô pla mim
Ê, meu pai i minha mãe
Meu pai i minha mãe
Aê, eu quelo subí no céu
Qui pai pesô pla mim

— Eu quero subí no ceu/Qui pai pesô pra mim. — A pronta resposta, pegando o último verso, e as palmas se adaptando ao ritmo mais lento do novo ponto, dinâmica sem intervalo que vai envolvendo

os convidados na sua trama de dança, percussão e canto. O Barão, sorriso no canto da boca, observa o fascínio de Benevides. Garrafa numa mão, copo de cachaça na outra, o Barão não deixa que o copo do amigo do Banco do Brasil se esvazie.

Cosme pede a João Sabino que assuma o caxambu. Aproximando-se do Rei Chico, pede autorização:

> — *Cheguei na angoma*
> *Tive muita diferença*
> *Quero cantá meu pontinho*
> *Meus pai véio dá licença.*

Com o meneio de cabeça do rei, Cosme continua:

> — *Moça da varanda*
> *Vamo varandá*
> *Moça da varanda*
> *Vamo varandá.*
> — *Moça da varanda*
> *Vamo varandá*
> *Moça da varanda*
> *Vamo varandá.*

No coro de resposta, a voz de Vicentina soa mais alto, convencida de que o ponto de Cosme era para ela. Martinho, enciumado, intervém:

> — *Eu sô minêro mau*
> *Não bule comigo não*
> *Eu sô minêro mau*
> *Não bule comigo não.*

Cosme não tarda em responder:

> — Oi minêro, minêro, minêro
> Acompanha a minha linha
> Minêro, minêro, minêro
> Acompanha a minha linha.

Martinho:

> — Aê mestre carreiro, que você vai si atrapaiá
> Larga de pegá boi, vou cangá meu marruá.

Cosme:

> — Todo mundo já cantô
> Já cantô galo carijó
> Todo mundo já cantô
> Já cantô galo carijó

Martinho:

> — Quem quisé sabê meu nomi
> Não precisa imaginá
> Trago verso na cabeça
> Como letra no jorná.

Cosme:

> — Quem quisé sabê meu nome
> Não precisa perguntá
> Eu mi chamo limão doce
> Fruta de moça chupá.

Martinho:

> — Tanto bem qui eu ti queria
> Tanto bem tô ti querendo
> Tomara ti vê morto
> E os urubu ti comendo.

Cosme:

> — Tanto bem qui eu ti queria
> Meu cumpadri vô falá
> Tomara ti vê morto
> Pros urubu ti carregá.

Martinho fica sem resposta e trava no meio da roda. A mironga o pegou. Ajudado por Benedito Cambá, é colocado numa das cadeiras dos cumbas, olhar paralisado. Assiste sem ver, como um espectador distraído, corpo presente, alma ausente.
Cosme tripudia de Martinho:

> — Quero vê tamanho
> Dessa cidadi sem fim
> Tanto jonguêro di fama
> Tudo corrêro di mim.

E continua, tambores acompanhando o novo ritmo:

> — Gavião foi quem mandô
> Pomba avoá
> Foi quem mandô
> Pomba avoá

O cumba João Velho emenda a resposta, lançando-se no desafio:

> — *Prá eli podê pegá*
> *Rola no á*
> *Prá eli podê pegá*
> *Rola no á*

Cosme:

> — *Passei na ponte*
> *Ponte balanceou*

O cumba:

> —*Jacaré qué mi cumê*
> *Não mi come não*

Cosme:

> — *Aê, eu quero subí no ceu*
> *Qui pai pesô pra mim*
> *Ê, meu pai i minha mãe*
> *Meu pai i minha mãe*
> *Aê, eu quero subí no ceu*
> *Qui pai pesô pra mim.*

Cosme, vencido pelo mais velho, se retira do centro da roda, colocando-se em par com Vicentina. Num jongo paralelo, de lado, declama: *A saia di Vicentina tá no á/Deixa rodá/A saia di Vicentina tá no á/Deixa rodá.*

É a vez da macota, dos sábios. João Velho continua:

> — *Ê, ê, com tanto pau no mato*
> *Com tanto pau no mato, ê, ê*
> *Perêra passa mar*

> *Ê, ê, com tanto pau no mato*
> *Perêra passa mar.*

Bartolomeu, pereira de boa lenha, responde:

> *— Ê, ê, com tanto pau no mato*
> *Imbaúva é coroné*
> *Ê, ê, com tanto pau no mato*
> *Com tanto pau no mato, ê, ê*
> *Imbaúva é coroné.*

A provocação da madeira fraca passa despercebida pelo Barão, que está mais preocupado com a sobriedade de seu amigo. João Velho retoma:

> *— A língua desse povo*
> *É como ferro di engomá*
> *A língua desse povo*
> *É como ferro di engomá.*

Bartolomeu responde:

> *— Óia, tem língua, leco-leco*
> *Tem língua, leco-leco, passarinho d'Angola*
> *Qui eli tem língua, leco-leco.*

E logo emenda uma nova provocação, agora à cachaça do Barão que, mais uma vez, não percebe:

> *— Ô ô, congonha*
> *Congonha é qui mata hômi, é,*
> *Congonha*
> *Congonha é qui mata hômi.*

João Velho também entra na provocação, agora ao trono oco do Barão:

— *Não senta não, não senta não*
No toco da imbaúva tu não senta não

Bartolomeu:

— *Com tanta fava na horta*
Canguro tá com fomi
Oi, com tanta fava na horta,
Porco tá com fomi,
Com tanta fava na horta,
Porco tá com fomi, genti.

João Velho também sabe cantar as mazelas:

— *Macaco velho, macaco velho*
Macaco velho já morreu, cumê quê,
Macaco velho, macaco velho
O cafezar já morreu, cumê quê
Cumê quê, mana, cumê quê.

    Caxambu e candongueiro, frenéticos, despejam no ar um som oco. Por vezes um parece eco do outro; por outras, é como se ambos fossem absorvidos pelos troncos e pelas folhas, como entidades às quais todos os toques fossem oferecidos. Ernestina, incomodada desde a sala de jantar, acaba por se afastar da roda, trôpega e aérea. Corpo dobrado, balança para um lado e para o outro, olhos fechados, quase cai, os braços acompanhando as pernas, o aparente desequilíbrio.
    — Ajuda, senhor Benevides, sua esposa está passando mal!
    Leocádia quase é derrubada tentando amparar Ernestina. Ao sinal do Rei Chico Benguela, a roda de jongo arrefece. Clementina olha para Filomena e de imediato saem da roda:

— Muzenza, Clementina! — Filomena não tem dúvida. — Tem qui colocá longi du terêro, fechá as janela, fechá as janela.

— Sô Binivídi, leva sua muié pra dentro, bota ela na cama. Eu vô pegá água.

— Blatolomeo, vamo pla gamelêla. O povo d'além tá celcando nois. Suncê pegô baro blanco do lio?

— Pegô, Chico, pegô. Juntô as erva i feiz pemba. Vô chama os minino tomém pra levá tambu.

Ao se retirarem, todos os outros sabem: os espíritos vão se juntar a eles. Caminham em direção à casa de Chico e Inácia onde, nos fundos, a árvore frondosa abriga os celebrantes. Ter recebido aquele pedaço estreito de terreno, décadas antes, coberto de mato, sem nem um rancho qualquer, não fora maldade do Barão, mas indução do próprio sobrevivente da guerra:

— Eza qui plecisa limpa, sô balão. Muito mato, eu maisi Blatolomeo capina i faizi mocambo i cuida tera. — Os olhos, indisfarçados, cravados na gameleira.

— Se você prefere, Chico Benguela. Mas só vai plantar milho e mandioca. Tem que construir uma choça para vocês e não vão dormir na senzala. Não pode plantar café. Terá que me dar metade de tudo que plantar. Lembre-se de que eu não lhe devo nada. O Imperador lhe deu alforria. Se me desobedecer, não fica nas minhas terras.

— Tá bão, sinhô, tá bão. Nois planta só mio i mandioca i dá uma banda plu sinhô. — Acordo de meia fechado, o farfalhar no topo da gameleira se faz ouvir, todas as outras árvores do entorno imóveis.

— É o redemoinho de todos os verões. Sinal de chuva chegando.

— Dévi di sê, sinhô balão — concorda Chico, sabedor de que aquele redemoinho era o vento da alegria dos ancestrais, que apareceria mesmo se fosse inverno.

Com esse diálogo vivo na memória, Chico retira da muamba, cesto de palha incrustado de barro branco, a matéria orgânica colhida no rio pela manhã. Besuntando seu rosto e braços, canta:

— *Leuá, leuá*
Ogum dilê
Ô dilêleuá á

Chamando Incosse e Angorô, a assistência também se aproxima. Reverenciar os mortos, curar os males, pedir por sorte e proteção, adivinhar o futuro, todos e cada um com seu propósito. E, à medida que se aproximam, recebem sua cota de barro pelos braços, *"Pemba Dilê Mana Mona/O qui pembe Pemba Dilê mona mona/O qui pemba"*, os caminhos do além sendo abertos. Bartolomeu não se esquecera do tição para o monte de madeira seca ao lado da gameleira, o fogo que garante a ligação com os ancestrais. "Atiça mais, Blatolomeo. Bakulu gosta fogo folte", Chico nunca deixava de repetir, mesmo a fogueira já alta. Os tambores se aquecem junto com o fogo e preenchem a noite. As corujas silenciam. Corpo estendido no chão, em silêncio, Chico resta nessa posição por longos minutos, movimentos espasmódicos da cabeça, braços e pernas se alternam e se confundem. Quando retorna, o olhar já não é seu. Nem a voz, "Eh! Eh! Ilá! Eh! Ilá! Ilá!". A assistência havia aumentado, mas disso ele não se dá conta. Nem disso nem de mais nada. Apenas sabe a quem se dirigir, os mais necessitados de cura de suas aflições e de resposta aos seus sortilégios. A cruz vermelha e branca traçada no chão já estava ali desde cedo, símbolo da diagnose do feitiço.

Na casa-grande, as medidas paliativas já se operavam:

— Ernestina já está melhor, repousando no quarto de Leocádia, senhor Barão. Alguma indisposição passageira. Logo que ela se recuperar, vamos embora. É tarde e já estamos abusando de sua hospitalidade além da conta, amigo Barão... Sua festa esteve belíssima, farta, sua recepção calorosa, com tudo do bom e do melhor. O batuque dos negros também é sempre algo bastante pitoresco e exótico, amigo Barão... Mas, voltando ao nosso assunto de antes do batuque... Bem sabemos que a sua hipoteca está por vencer, não é mesmo? Recentemente o amigo adquiriu três escravos de origem baiana pagando por eles dois contos de réis!

— Preço muito em conta, não é mesmo, meu amigo?

— Ninguém mais compra escravos, senhor Barão! Quem precisa de mão de obra aluga de um vizinho ou contrata estrangeiros, italianos, portugueses, alemães... Dois contos de réis por uns semoventes sem valor de venda! Ainda se fossem bois, o futuro do vale. Um bom lote de novilhos das Minas Gerais está valendo mais que um negro jovem e forte. A escravidão está com os dias contados. Todos os dias temos relatos de fugas de escravos. O senhor não tem lido os jornais? Às vezes, nem precisa de jornais, é só ouvir os seus vizinhos fazendeiros... fugas e mais fugas. Essa semana toda foi de discussão na Câmara e no Senado sobre o projeto de lei do Ministro da Agricultura para abolir a escravidão. Joaquim Nabuco fazendo discursos com apoio do Imperador...

— ...O Imperador está no exterior...

— ...Mas a Princesa Isabel assumiu as funções, senhor Barão! E ela é totalmente a favor da Abolição, bem sabemos. Não se surpreenda se os seus negros forem libertos já em junho. Outra coisa, meu amigo Alfredo, chegou-me aos ouvidos dívidas que seu amigo Aureliano...

— Esse traste não é meu amigo...

— ...Mas era seu comissário no Rio de Janeiro até algumas semanas atrás, meu amigo Barão. E as dívidas dele estão sendo protestadas, e ele é seu credor, correto?

— Isso é o que ele diz, Benevides! Não acredite naquele traste! Tudo há de se resolver com a safra que está sendo colhida. Como eu mesmo lhe mostrei, trezentas sacas, que não são nem a centésima parte a ser colhida, já estão para irem para o porto!

— Pois bem, senhor Barão, eu conheço fazenda e café; meu pai foi cafeicultor, talvez o senhor se lembre dele... hipoteca... o banco levou quase tudo... O senhor me mostrou os pés vazios, os grãos colhidos, não é mesmo? Pois os últimos grãos daqueles pés já devem ter sido colhidos há pelo menos três anos... O seu depósito cheio de sacas de café... café que não foi despolpado, senhor Barão?! Grãos e mais grãos no chão! O que se passa com o senhor? Ensacando café com casca, sem secar! E as suas tulhas? Estão vazias! Aquele barulho oco não me engana, Barão! O que o senhor está planejando?

— Meu amigo Benevides, o que eu estou planejando é uma safra sem precedentes! Liquido todas as minhas dívidas e ainda levo o amigo para uma viagem à Europa: Paris e Londres! O que acha? Nossas famílias na Champs Élysées, no Louvre, jantares, compras... — diz, abaixando o tom de voz e completando o copo do amigo — ...e, quem sabe, se dermos sorte com nossas esposas, uma visitinha aos cabarés. Hã? O que me diz? Mas, como o amigo bem sabe, a colheita ainda vai se estender por alguns meses, e a promissória que está por vencer só terei como liquidá-la daqui a uns sessenta dias. Mas isso é uma bobagem para um banco como o Banco do Brasil, não é mesmo?

— Senhor Barão, já há muitos anos que as hipotecas aqui no vale vêm sendo executadas cumprindo os contratos à risca. Terceira parcela vencida, a execução começa no dia seguinte. E o meu diretor lá no Rio de Janeiro acompanha tudo, sabe quais as hipotecas por vencer nos próximos seis meses de cor e salteado, Barão. Na quarta-feira, dia dezesseis de maio, eu aguardo o senhor lá na agência de Vassouras. Não havendo o pagamento, sinto em dizer, teremos que tomar a sua fazenda e leiloá-la. — Ernestina, já recuperada, se aproxima do escritório, procurando o marido. — Ah! Minha Ernestina, vejo que já está melhor! Senhor Barão, muito obrigado pelo convite e o aguardo na quarta-feira em Vassouras. Estamos de acordo?

Já na porta, se despedem num tom de voz alterado pelo álcool:

— Claro, amigo Benevides! Estarei lá para conversarmos sem falta. Juvêncio! Ô Juvêncio! É hora! Leve o sr. Benevides, dona Ernestina e seus filhos para Vassouras.

— Vá devagar e cuidado com os solavancos, Juvêncio, dona Ernestina não está muito bem. — É D. Inês quem faz a recomendação.

Mal a charrete parte, o Barão, com pisada dura e irregular, se volta e vai em direção aos fundos da casa procurando pela velha escrava. Vermelho e suado, ainda a garrafa vazia à mão, encontra-se com Clementina quase na escada da cozinha, que vem subindo para atender aos berros do Barão.

— Clementina, Chico vai falar com os espíritos hoje?

— Sim, sinhô, eli tá na gamelêra mais Bratolomeo i us minino.

Embaixo da gameleira, Pai Chico, cachimbo no canto da boca, aconselha:

— Martinho é bom homi, Vicentina. Cosmi num é pla suncê. Cosmi vai pa longi. Sunceis vai tê loça i muito fio. I num vai tlabaiá maisi plu Balãozim. Sunceis vai plantá café tera sua.

— Brigado, Pai Chico. Roça minha? Café meu? Num quirdito, é muito bão. — Vicentina beija a mão de Pai Chico, olhos marejados, retirando-se de frente.

— Vai, fia. Incozi mandô gladecê inhami. Vai. Ah! Martinho tá acoldando. Manda eli cumê banana du terêro. Vai! — Vicentina parte em direção ao terreiro da senzala.

Cosme, braços e mãos dormentes das horas quase ininterruptas de batuque, pede novamente a João Sabino que assuma o caxambu. Ajoelha-se em frente a Pai Chico, mas seu movimento é interrompido.

— Suncê num plecisa deitá, fio. Suncê num tá doente. — Enquanto com uma mão segura Cosme pelo braço, com a outra assopra-lhe no rosto pó branco, outrora barro do rio. — Plegunta, fio!

— Rio di Janêro é lugá bom?

— É, fio, Lio é lugá bão. Tlabaio, batuqui, dança i cumpanhêla. Maisi cuidado. Muito homi mau, lôpa di guera. Bati sem dó. Di pau. Cuidado com maisi cativêlo. Vai, fio. Aqui já cabô pla suncê. I leva cumpanhêla.

— Quem?

— Suncê já vai sabê. Ilá, ilá, ilá. Eh! Eh! — Pai Chico junta um punhado de cinza da fogueira que ainda crepita alto, improvisa uma bolsa de mandinga e a entrega a Cosme. Em seguida, amarra-lhe um pedaço de pau santo no braço direito e ordena. — Leva cinza i faizi fogo, fio. Suncê lembla qui si foro i us qui si foro lembra suncê. I num tila nunca pau santo du blaço. Polteção! Vai!

Cosme parte em direção à senzala para reunir seus parcos pertences e seu precioso dinheiro, juntado às custas de muito trabalho aos domingos e confecção de balaios. E, claro, muitas sacas de café que lhe renderam algum dinheiro. Ele dispara, não sem antes demorar-se num beijo na cabeça de Mãe Inácia:

— Leuá, leuá/Ogum dilê.

— Ô dilê leuá á. Incozi ti acompanha, fio.

Ato contínuo, Pai Chico, olhos fechados, levanta-se do tronco que lhe serve de cadeira. Aproxima-se daquele que se coloca à parte na roda dos incorporados. Com receio, se posta longe da cabula, pés para trás, e da muzenza, pés para os lados, que não pedem licença para sua evolução. As escravizadas, rodando, delimitam o espaço do Barão.

— Tila camisa, Balãozim. Isso. Tá goldo, Balãozim. Ih! Ih! Toma bebelagi. Ilá, ilá. Maisi. Bacaxi com mio num mata não, Balãozim. Cachaça qui mata. Deita cluizi vemêia i blanca. Isso. Podi levantá, Balãozim. Suncê deitô linha vemêia. Quilundu tomô conta suncê, Balãozim.

— Chico Benguela, o que os espíritos dizem sobre minhas terras? Eu vou conseguir ficar com elas?

— Suncê devi muito dinhêlo. Num tem cum quê pagá. Quilundu tá com suncê plu vingança. Muita soflença, Balãozim. Suncê sabi qui suncê feiz. Plende Melenciana, feizi má Melenciana, matô isclavo, botô nu tlonco. Suncê solta Melenciana. Mundo di suncê caba manhã, Balãozim. Podi botá camisa. Solta Melenciana i leza muito. Suncê plecisa muito. Ilá, ilá, ilá! Incozi gosta plesente, Balãozim.

O Barão, já de pé, camisa nas mãos, limpa a poeira de suas calças. Tronco encurvado e suado, esbaforindo, protesta:

— Para o que eu vou fazer, ficar sem camisa adianta o serviço. Meu mundo acaba amanhã, não é, Pai Chico?! Pois hoje ainda não é amanhã. — Abaixa-se com dificuldade para pegar a garrafa do chão, quase não se reerguendo, e parte zigue-zagueante em direção à casa-grande. Ou, mais precisamente, em direção ao porão da casa-grande.

Martinho, confuso e ainda sentado numa das cadeiras, sente Vicentina passar a mão em sua cabeça e aceita o cacho de bananas:

— Ondi qui suncê pegô essas banana, Vicentina?

— Ara, Martinho, da bananêra.

— Quar?

— Essa aí do seu lado? — Vicentina ri da confusão de Martinho.

— Num podi sê. Sô Bratolomeo prantô a muda poco antis du batuque.

— Tem mais. Suncê qué? — A jovem crioula não se surpreende mais com as magias de Pai Chico, desde pequena vendo fenômenos, inexplicáveis para muitos, seu cotidiano. Como da vez em que Chico Benguela, devendo uma promessa de despolpar cinco sacas antes da chegada dos tropeiros, colocou nas mãos do Barão um punhado de grãos cheios de casca, dizendo: "Viu, sinhô, tá tudo plonto!". E o Barão: "Não pensei que você fosse dar conta do serviço, Chico! Pode colocar no lombo das mulas!". A menina Vicentina a tudo assistindo, vendo o que o Barão olhava, mas não via, a realidade mudada, o feitiço momentâneo salvando a pele do velho africano, seus olhos oblíquos, quase vesgos, como a penetrar a mente do Barão e assumir seus olhos. "Viu, sinhô! Nada di peli, tudo limpo, cinco saca". O Barão: "Muito bom, Chico!".

— Suncê si alembra, Martinho?

— Alembro bem. Nois saiu correndo e rindo pro mato.

— Cosmi botô suncê pra drumi, Martinho. — Pedaço de banana entre os dentes, Vicentina continua provocando. — Todo mundo dançando i suncê com feitiço... Batuque arto, cantoria i nada di suncê acordá...

— Suncê gosta di Cosmi, Vicentina. Vai percurá eli! — Martinho se irrita, jogando o que restava da penca de lado.

— Vô não, Martinho. Eu gosto di homi qui gosta di terra, di prantá... Homi forti... trabaiadô... bunito...

Entretidos, nenhum dos dois percebe a passagem do Barão em direção ao porão da casa-grande. Com grande custo, ele abre a fechadura, marcha tropegamente para o fundo daquela caverna, aos berros, já sem camisa e desafivelando a calça mesmo antes de sua vista se acostumar com a escuridão, o choro incontido de Merenciana guiando seus passos trôpegos. Na primeira tentativa de agarrá-la pelos cabelos, um safanão o joga facilmente ao chão, e ela escapa, esguia como uma serpente. Em disparada pelo porão, ganha o terreiro, nua, gritando por socorro, barulho que faz a varanda interna da cozinha ser tomada rapidamente pelas mulheres da casa, que, a princípio, não compreendem; em pouco tempo, compreendem e não acreditam.

Merenciana parte em direção ao mato mais próximo, tomada de vergonha e desespero. Mesmo longe da vista de todos, não para de correr. O corpo sendo lanhado pelos galhos do caminho, os espinhos que lhe rasgam a carne, o ritmo diminuindo à medida que a falta de ar e as dores a fazem quase sucumbir. Por sorte, alcança a estrada, ainda vizinha da fazenda, que ela não ousa tomar. Prefere continuar fugindo paralelamente à estrada, pela mata, recuperando o fôlego e observando o movimento.

A fuga de Merenciana provoca alvoroço no terreiro. Prudente, que se encontrava em seu quarto tentando se recuperar das inúmeras idas ao mato ao longo do dia, aparece no terreiro gritando por Miguel e pelos outros capatazes. Caxambu e candongueiro, que soavam a todo vapor até aquela hora, não são mais ouvidos. Em pouco tempo, o terreiro está cheio de escravos.

O Barão, atônito, não compreende como ninguém obedece às suas ordens, o vaivém do terreiro para a senzala, da senzala para o mato ou para os cafezais. O cativeiro arde em chamas. A voz do até então senhor das terras da fazenda Santo Antônio agora é só mais uma naquela confusão.

— Vicentina, vem comigo! — Cosme a segura pelo pulso. Logo sente a resistência.

— Não, Cosmi. Meu lugá é aqui. Eu vô ficá maisi Martinho!

— Martinho? Vem maisi eu. — Agora já é um pedido.

— Não. Eu vô ficá! — Vicentina não hesita, mas lhe entrega a flor de laranjeira que levava nos cabelos. De longe, Miguel tenta decifrar a cena.

— Ara! — Cosme não tem mais tempo, parte, precisa aproveitar a confusão e ir no meio da debandada. Ele não entende como Pai Chico pôde errar em relação a ir embora acompanhado e espera que ele esteja certo quanto ao Rio de Janeiro. Instintivamente, toma a direção da estrada que ele tão bem conhecia em suas andanças, quase sempre noturnas, para vender balaio e café para Seu Pedro. Por vezes, enchia-se de coragem e ia vender o balaio no domingo à luz do dia, café dentro. Era seu ato de coragem, seu desafio a Prudente e aos outros capatazes. O prazer de poder enganá-los valia o risco. Não sabe por que se lembra disso nesse momento. Vai com cuidado, a lua em noite sem nuvens é quase uma lanterna. Cosme tira a camisa branca, agora é o negro no escuro. Por vezes, entra no mato para descansar, mas por pouco tempo. Retoma a marcha, esperando chegar até a estação do Desengano antes do amanhecer. O que pensa ser sua imaginação, a cada momento se torna mais alto. Um trote que se torna uma cavalgada, Miguel na sela. Não adianta correr. Sem sequer um grito de advertência, o chicote zune nas costas de Cosme, derrubando-o. O segundo golpe pega Cosme de frente, que consegue agarrar o instrumento da opressão e, num só movimento, desequilibrar cavalo e cavaleiro. No chão, Miguel busca a espingarda que se encontrava na sela. Em vão. O cavalo em disparada retorna para a fazenda. Chicote ainda nas mãos, aproxima-se de Cosme, que não hesita em puxar o pequeno machado de duas lâminas de dentro de seu embornal e, de um só golpe, cravá-lo no peito de Miguel, a flor de laranjeira caindo ao lado. Suado e ofegante, espera por uma reação do seu oponente, o que não ocorre, e parte em desespero para dentro do mato, deparando-se com um vulto a tremer entre as moitas.

— Não me bate. — Merenciana levanta os braços.

— Merenciana? — Cosme abaixa os seus. Reconhecendo-a pela voz, franze os olhos buscando seu rosto. — Quédi sua rôpa?

— Tiraram de mim no porão. — Constrangida, cobre-se apenas com as mãos.

— Toma. — Cosme estende-lhe sua camisa. — Serviu direito, suncê é piquininha.

— Agradecida... — Merenciana mantém uma desconfiada distância de Cosme. — Ele tá morto?

— Acho que sim.

— E agora?

— Suncê vai pra ondi?

— Não sei, num tenho lugar pra ir. Mais lá eu não podia ficar.

— Fizeram mar pra suncê, num foi? — Merenciana assente com a cabeça. — Eu vô pro Rio di Janêro.

— Pro Rio? É muito longe.

— Mió. Suncê quer ir maisi eu?

— Você sabe o caminho?

— O caminho eu num sei, maisi eu sei um jeito. Quer ir maisi eu?

— Quero.

O terreiro, que até pouco tempo parecia uma praça de guerra, agora é só silêncio. Escravizados, feitor, capatazes, Barão, ninguém mais havia onde um pouco antes imperava o batuque, o canto e a dança. Todos dispersaram, escravos para o mato, poucos capatazes para muitos negros. A família em seus quartos, de chave passada, o medo da rebelião que podia redundar em mortandade. Mas não. A vontade de liberdade era maior que o desejo de vingança; nenhum sangue foi derramado naquele espaço. No interior da casa-grande, o clamor mais alto de D. Inês sobre o paradeiro do marido. Pouco antes, ela não conseguira reconhecer no centro do terreiro aquele homem, trôpego, sem camisa nem cinto, segurando a calça, aos berros, absolutamente ignorado.

— D. Inês, bebi. É chá de camomila. Acarma. Isso. Maisi?

— Clementina, peça ao Prudente para encontrar o meu marido!
— D. Inês não para de caminhar de um lado para o outro.

— Num tem ninguém, D. Inês. Os capataiz sumiro tudo.

— Peça então a algum escravo. Qualquer um!

— Num tem ninguém, D. Inês. Sinhô devi di tá atrais dus fugido. Maisi um poco i eli vorta, D. Inês. Deita um poco. Bebi maisi camomila.

— E as minhas filhas, Clementina. Onde elas estão?

— Nus carto, D. Inês, como a sinhá mandô. Fechado com chave. Eu já dei chá pra elas tomém. Devi di tá drumindo.

— Obrigada, Clementina. Eu vou ficar aqui na sala esperando. Pode ir dormir. O dia de hoje foi bem movimentado.

— Sinhá vai ficá sozinha? Num qué companhia?

— Não, Clementina. Pode ir. – D. Inês, corpo e alma doloridos daquele dia único, apesar da ansiedade, não resiste e senta-se no divã do escritório. Em pouco tempo, recosta-se, e o cansaço vence a vigília.

A alguns quilômetros dali, Prudente, soluços secos, está debruçado sobre o corpo de Miguel, ainda quente, mas já sem vida. Sem saber para onde foram, perde os passos de Cosme. Ele e Merenciana varam a noite em marcha, a cada passo se distanciando mais da fazenda Santo Antônio. Arrastam-se pelo caminho, parando alguns instantes apenas quando encontram água ou um lugar seguro para descansar. O pio das corujas já deu lugar ao canto dos galos, e a barra do horizonte vai se alaranjando.

— Cosme, você sabe bem pra onde tá indo?

— Sei, Merenciana. Óia lá.

No quase breu, Merenciana já conseguia visualizar um amontoado de casas, dois prédios de dois andares separados por uma pequena torre e, alongando-se até onde se podia ver àquela hora do dia, um caminho fino e sinuoso.

— O que é, Cosmi?

— O trem! Rio di Janêro!

Sob a mesma alvorada, D. Inês desperta, ainda mais dolorida do que antes de adormecer. Tropeça em direção à cozinha em busca de água. Nem mesmo Clementina havia ainda despertado, o café seria por sua conta. Já na varanda da cozinha, cabeça ainda baixa, chaleira enchendo na bica, demora para levantar o olhar em direção ao terreiro. Só consegue ver, abaixo do tronco, os calcanhares de seu marido, alguns palmos acima do chão. Um grito de terror, um baque e o silêncio de volta à casa-grande.

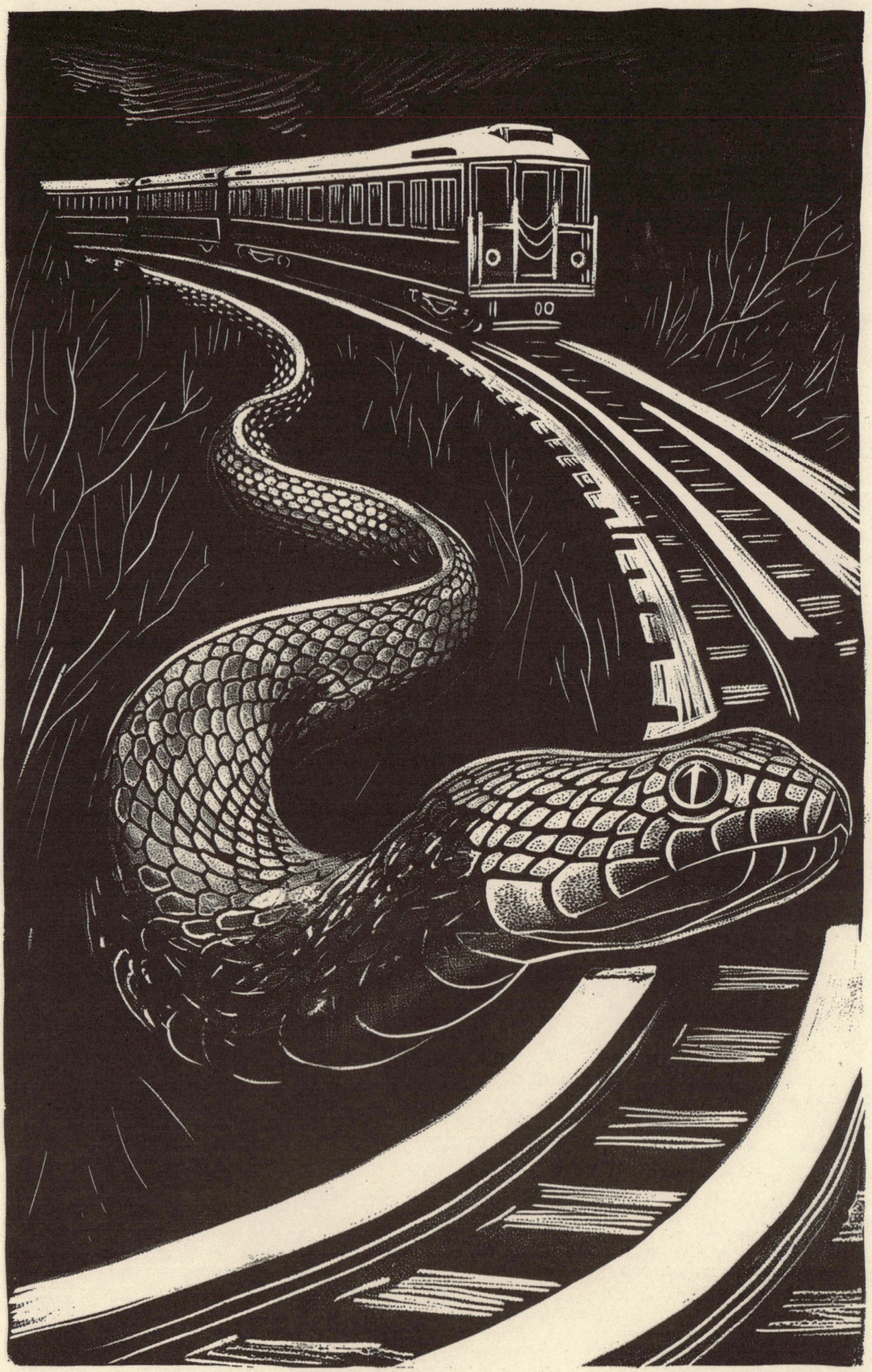

PARTE II

Depois de horas de caminhada entre pedras e gravetos, os passos voltam a acelerar. A visão da fumaça ganhando os céus, o apito que se faz ouvir ao longe, o lento deslocamento daquela cobra de metal, tudo a exasperar Cosme e Merenciana.

— Larga isso pra lá, Cosme, a coisa tá indo embora. — Sussurro ríspido de quem se adianta pela estrada.

— Tô indo. — Cosme, um monte de espigas de milho verde envoltas em roupas retiradas de um varal, logo alcança Merenciana. Sem muito esforço, sobe o estribo de um vagão intermediário. A marcha lenta, não é difícil para Merenciana agarrar a mão que lhe é estendida, logo os dois em cima de sacas e mais sacas de café, rindo para os carregadores incrédulos da plataforma que se afasta. Ofegantes e sorridentes, deixam-se cair. O sono toma conta e, a julgar pelo sorriso nos lábios, o sonho de ambos é bom. Mas o sol só permite o descanso mínimo, logo estão a observar a paisagem em movimento, verde e azul passando num filme ainda não rodado. Cosme gostava da velocidade da charrete, mas aquilo era diferente. O vento, a rapidez, o chacoalhar do vagão, tudo ali era mais intenso. O trem vai diminuindo a marcha lentamente, até parar de vez.

— Ondi será qui nois tá, Merenciana?

— Belém. — Merenciana aponta a placa da estação.

— Ara! Suncê sabi lê!

— Sei, Cosme.

— Ondi qui suncê aprendeu?

— Na Bahia, ora. Naquela fazenda é que não foi.

— Suncê fala qui nem Barão, fala bunito.

— Eu estudei na Bahia, Cosme. Fui pra escola, meu pai também me ensinava em casa. O pai de meu pai era malê. Vieram da África sabendo lê Alcorão.

— E virô iscrava?

— À força, Cosme. Mataram meu pai de emboscada e me roubaram. Mas eu não aceitava. Fugia. Me pegavam de novo e fugia de novo. Acabou que vim parar aqui em Vassouras.

Merenciana e Cosme conversam atrás das pilhas de café ensacado, que logo aumenta de tamanho pelas mãos dos carregadores que arremessam as sacas da plataforma mesmo.

— Oitenta, Brás?

— Oitenta! — Um aceno para o maquinista, um apito e o trem retoma sua marcha.

— Ara! Quasi qui elis viu nois. Merenciana, quem ti ensinou a lê?

— Meu babá, Cosme.

— Babá?

— É, meu pai de santo na Bahia. Eu sou filha dele.

— Ele tomém é seu pai?

— Não, eu sou filha de santo dele. Só de santo. Ele é que nem Pai Chico, só que diferente.

— Pai Chico criô eu, mais é pai di todo mundo da fazenda. Inté Barão respeita eli.

— Respeitava, Cosme.

— Pru quê num respeita mais?

— Não sei por que, Cosme. Só sei que não respeita mais.

Os cafezais se sucedem na paisagem. Alguns, salpicados de vermelho e roxo; a maioria, seco, sem folhas ou frutos, os velhos pés mortos pela terra morta. Terra morta pelos pés. A desolada imagem dos morros cobertos de árvores secas. Nem a chuva traz esperança de dias melhores para o vale, só frescor, cheiro de terra molhada e o arco-íris.

— Angorô lê. — Cosme exclama.

— Arroboboi, Osumarê. — Merenciana aponta o céu, braços abertos.

— Qui suncê dissi, Merenciana?

— Eu saudei Osumarê, meu ori.

— Ori?

— É o meu orisá primeiro, Cosme.

— Pai Chico dissi qui Angorô ia guiá eu. Pai falô qui eli vira cobra i qui ela ia portegê eu.

— Angorô é teu ori. A cobra de ferro, Cosme, nois tá dentro dela. Ela guia nois. Osumarê!

— Pra lá, pro lado do arco-íris, Merenciana. Nhorrã! Angorô!

O dia anterior parece muito distante para ambos. Não havia só o entremeio da noite entre aqueles dias tão díspares a separá-los. Para trás, os dias iguais, café e senzala, Barão e administrador, trabalho e trabalho, Prudente e Miguel, sol e sol, lua só nos momentos do sono, invisível para os que tanto trabalham. À frente, o trilho a se perder de vista, o novo na próxima curva, o desconhecido, a expectativa, a coragem diante da tábua rasa da vida, a ausência da realidade opressora. O elo dos dias rompido por aquela noite única, machado de Ogum, Iansã trazendo de longe aquele vento no rosto de ambos e que lhes arranca sorrisos, vento nunca antes sentido. E é bom. Leva consigo para a direção contrária da dor, apagando a má lembrança, quase o esquecimento do açoite, dos ferros, da violação dos corpos e dos espíritos. Ambos prontos para a vida.

— Merenciana, eu peguei essas rôpa do vará. Tem saia, brusa e isso aqui.

— Um vestido, Cosme!

— Qui nem di sinhá. — Cosme estende a mão cheia de panos para Merenciana. — Essa sua camisa tá meio suja.

— Vira pra lá, Cosme, eu vou trocar de roupa.

Cosme se volta para o lado de dentro do vagão, misto de vergonha e tensão, a reconhecer telhado e paredes, enquanto Merenciana se troca.

— Pode virar, Cosme.

Primeiro, o susto. Logo, a incredulidade. Camisa suja e vestido postos de lado. Foi preciso Merenciana tomá-lo pelas mãos para romper a paralisia. "Suncê num gostô do vistido?", ele não ousara perguntar. E o embevecimento só aumentava. Não sabia se aqueles lábios em seus lábios eram reais, abriu os olhos para se certificar. À medida que se soltava, seu corpo, estabanado e errático, fazia mundo e pensamentos desaparecerem, indo para o mesmo lugar que camisa e calça. Teso de desejo e medo, sua inexperiência aparecia em todos os seus gestos.

— É sua primeira vez, Cosme? — Os dedos calejados da enxada e do toque do tambor entre os lábios da baiana. — Não tem problema, Cosme. Vem cá...

E foi. Carlos Sampaio, Amaral, Santa Rita, Ambaí, Caioaba, *Ondi qui eu tô?... Dentro de mim... A istação?... Hã?... A istação!...Ah!... Rocha Sobrinho... Ai!... Thomazinho... Qui suncê dissi? Estação Thomazinho... Ah! bom... Ai... São Matheus, São João de Meriti... Pavuna... Pá funda?... Pavuna, seu surdo... não faz isso, para, tá bom, suncê não é surdo... para ou tá bom?... tá bom, mas para... num intendi... não para. Sapé. Tury Assu. Terra Nova. São Christóvão. Dom Pedro II.*

— Cosme, acorda!

— Di novo, Merenciana? Dêxa eu discansá...

— O trem parou, Cosme. Parou de vez!

— Virgi! Quédi meu embornar? Vamo rápido!

Não chegaram a olhar para os lados, correndo plataforma afora, mãos dadas, sem atender aos gritos do funcionário que os surpreendera saindo do vagão. Pularam cercas, trombaram com passageiros e finalmente chegaram à rua. Charretes em todas as direções, as pessoas pareciam enlouquecidas. No meio da multidão, ainda tiveram condições de olhar para trás e ver o prédio de três andares da estação. "É maior qui a casa-grande, Merenciana!" Até se certificarem de que não estavam mais sendo seguidos, não pararam de correr. "Será qui o Rio di Janêro é sempre ansim?" Cosme está assustado com a quantidade de pessoas que passam correndo e gritando, a quase totalidade indo na direção daquela igreja longe, duas torres a espetar as nuvens. "Viva a liberdade! Viva a Princesa Isabel!" Os mais excitados são os negros: "Nois só ficava feliz ansim na fazenda em dia de festa com batuqui!", Cosme sente a Candelária agigantar-se à sua frente.

— Anda, seu bobo! Na Bahia tem muita igreja maior que essa!

— Merenciana, pru que u povo tá todo gritando filiz?

— Você ainda não entendeu? Acabou a escravidão, Cosme! O povo tá indo ver a Princesa Isabel falar.

— A Princesa? Jura?

— Mas você é bobo mesmo, Cosme. A viagem de trem te fez mal.

Mãos dadas, seguem o fluxo daquele rio de gente a ocupar todos os espaços da Rua Direita. Estandartes, fitas coloridas e letras prateadas a darem um colorido a mais. Dos sobrados, lenços são agitados, chuva de flores, gritos se ouvem por toda parte. Bandeiras nas sacadas, homens e mulheres acenam para os que passam, como se todos fossem velhos conhecidos. Bandas chegam a se cruzar, misturando notas e músicos. Cosme não entende como aquele negro conseguia fazer um som tão alto e diferente de sua voz apenas com um canudo na boca.

— Você nunca viu um clarinete não, irmão? — A pergunta é direta, no descanso entre uma nota e outra.

Cosme só balança a cabeça, negativamente, olhando o instrumento de cima a baixo. Mas pergunta:

— Qui tá iscrito na bandêra?

— Você não sabe ler? — Outro meneio negativo. — "Sociedade Brasileira contra a Escravidão". E naquela sacada está escrito "A Gazeta da Tarde". Os jornalistas de lá ajudaram muito a Abolição. Qual seu nome, irmão?

— Cosme. E suncê?

— "Suncê"? De onde você veio, irmão?
— Di longi...
— Pode falar, irmão! Agora você é livre! Diga, de onde você é?
— Di Vassôra!
— Ih! Lugar atrasado, de fazenda escravista. Você trabalhava com café, não é?
— É. Nos cafezar da fazenda Santantonho.
— A notícia da Abolição chegou rápido lá em Vassouras, irmão? — O músico se contorce ao ver Merenciana.
— Nois saiu di lá onti di noiti. — Cosme pede para pegar no instrumento.
— Cosme, não larga minha mão. — Merenciana repara na presença do clarinetista, mas logo desvia seus olhos do dono daquele olhar insistente e que logo se encosta nela. — Vambora daqui, Cosme! — Merenciana sai sem esperar resposta.
— Merenciana, eu tava proseando com o músico. Nois percisa di amigo aqui no Rio.
— É, mas vê se escolhe melhor, Cosme! Esse aí não serve.
— Eu num intendi... Bão, posso ti pedí uma coisa, Merenciana?
— O quê?
— Suncê insina eu a lê?
— Ensino, Cosme. Ensino, sim. Mas nós tem primeiro que arrumar onde morar e o que comer. E arranjar a cartilha.
— Qui é isso?
— Cartilha, onde nós aprende a ler. É um livro cheio de folha que nem os santinhos da sinhá. Ali você aprende as letras e copia. Depois, junta tudo e começa a ler. Foi assim que eu aprendi em Salvador. Mas depois nós conversa. Tá muito barulho. Olha lá! Na janela!
— O quê?
— A Princesa Isabel, você não tá vendo?
— I quem tá beijando a mão dela?
— José do Patrocínio! José do Patrocínio! — responde um desconhecido ao seu lado.

Cosme quase não consegue ouvir Merenciana tal a gritaria que se instala. Estica o pescoço, fica na ponta dos pés e nada, sua posição e altura não ajudam muito. Consegue ver, entre pescoços alongados e braços erguidos, uma figura branca, diminuta pela distância, a acenar para a multidão que joga chapéus para o ar, levanta os braços e a aclama como Isabel, a futura Imperatriz. A chuva de pétalas de todas as flores o deixa maravilhado, mas nem nesse momento ele se esquece de seu precioso embornal, malocado por dentro da calça e amarrado na cintura, e que guarda o resumo monetário de tantos cestos e café vendidos.

A aglomeração em torno de Cosme se desfaz repentinamente, nem tanto pela retirada da Princesa da sacada, mas muito mais pelos rabos de arraia, chutes e cabeçadas que se distribuem a esmo, sem aviso prévio ou destino certo. Na roda que se forma, só os lutadores e desavisados permanecem, caso de Cosme, que recebe um calcanhar no ouvido, indo ao chão de imediato. Grogue e sangrando, tropeça para fora da roda de briga, encostando-se na primeira parede que se oferece. Merenciana corre em sua direção, tentando estancar o sangue com o próprio vestido, sem muito sucesso.

— Qui foi isso, Merenciana? — Cosme leva a mão ao ouvido, que sangra e zune.

— Foi uma armada, moço. — A resposta não vem de Merenciana, mas de um negro jovem, magro e alto que se abaixa na direção de Cosme.

— Armada? Qui é isso?

— É um golpe de calcanhar que só bobo ganha. Vem, dá a mão. O golpe não era pra você, era pros republicanos que querem derrubar o Imperador. E você estava no caminho da pernada. Eu reparei você admirando a Princesa. Desculpa, meus amigos.

— I suncê é quem?

— Meu nome é Edgard.

— Edigá?

— Ed-gard! Com "d" no final.

— Edigádi?

— Edgard. E você, pra começar aqui no Rio de Janeiro tem que parar de falar "suncê". Os malandros entendem logo que você é da roça. De onde que vocês são?

— Di Vassôra.

— Eu não. Eu sou da Bahia. Na Bahia não tem bobo.

— I suncê...

— Você!

— Vancê...

— Você!

— V-você... Você é do Rio di Janêro?

— Sou. — O sorriso largo se abre. — Nascido e criado no Campo de Santana. Lá está ficando cheio de baiano, viu, baiana? Vem, vamos lá em casa. Minha vó vai cuidar da sua orelha. Ela conhece umas ervas que fecha isso de uma hora pra outra, mais rápido que o golpe que *suncê* levou. — E a gargalhada potente ecoa pelo Paço.

Cosme e Merenciana aceitam. Sem muita alternativa, mas alguma esperança de arranjar onde dormir e o que comer, coisa que os réis de Cosme não tinham como resolver num dia como aquele.

Pegam a rua da Assembleia, cruzam a rua do Carmo, da Quitanda e do Ourives. Entram na rua da Carioca e vão até o final. Atravessam a Praça da Constituição na diagonal e continuam pela rua da Constituição até quase a esquina com o Campo da Aclamação. Vão zigue-zagueando entre os transeuntes, passando por cima dos bêbados e das pétalas de camélias que se espalham pelas esquinas, evitando os cacos de vidro dos lampiões vandalizados e, vez em quando, dão um "Viva a Princesa!" ou "Liberdade!". Entram por uma portinhola de madeira um tanto tombada pelas dobradiças enferrujadas, tentam inutilmente evitar tropeçar nas crianças, passam pela bica e pelas tinas vazias naquele Treze de Maio e entram sem bater num dos cômodos sem janela.

— Sua bênção, vó Joaquina! — Edgard beija a mão de sua avó e leva-a à testa, recebe um afago no pescoço e apresenta os desconhecidos.

— Mais qui essa oreia tá feia, meu fio! Edigá, corri na bica i pega água fresca i coloca no fogo. I traiz umas foinha de moringa do lado do portão. — Vó Joaquina coloca o cachimbo de lado. Edgard vai e, quando volta, pedaços de babosa já estão picados na panela esperando pela água. — Brigô na rua qui nem esse luleque aqui, é?

— Sinhora fala "luleque" qui nem Pai Chico.

— É, meu fio? Di ondi qui eli é?

— Pai Chico é arficano, mais chegô no Brasil tem muito tempo.

— Qui lugá da África?

— Benguela, dona Joaquina.

— Podi mi chamá di vó, fio. Qui nem eu. Já cheguei tem muito tempo, qui nem seu Pai Chico. — Vó Joaquina limpa a ferida, tira o pouco de sangue pisado do pescoço de Cosme e aplica o emplastro, prendendo-o com um pedaço de pano em torno da testa.

— Brigado, vó. — Cosme levanta a camisa, retira seu embornal tão bem amarrado em torno da sua cintura e pega um pequeno embrulho.

— Eu não quero paga, fio! — Vó Joaquina interrompe o movimento de Cosme.

— Não é paga, vó, é presente.

— Qui é isso, fio?

— Pai Chico qui deu eu no batuque antis di nois fugí.

— Mais é cinza, presente do seu Pai Chico, fio. — Vó Joaquina fecha de novo o amarrado de tecido. — Devi di sê do foguinho da casa deli. Num posso ceitá, é seu. Só seu. É sua luz qui vai ti guiá, tem qui dexá bem iscondido i num mostrá prus ôtro. Seu Pai Chico e seus ancestrar tá tudo aqui nessas cinza.

— Pai Chico tá vivo, vó Joaquina.

— Eu sei. É a lembrança deli que tá aí.

— Na confusão eli num falô nada. Só deu eu.

— Dêxa bem iscondido i leva sempre com suncê.

— Tá bão, vó. — Cosme volta com a bolsa de mandinga para dentro do embornal.

— A cara di voceis é só cansaço ou fomi também? Tem feijão com osso na panela. E se quiser isticá os seus osso, ih, ih, ih, tem umas estera embaixo do sofá. E dá licença. — Vó Joaquina caminha para o quarto, arrastando as sandálias e pitando o restinho do fumo. — E cuidado com os capoeira, seu bobo. Ih! Ih! Ih! Edigá você vai saí di novo? Vê si não demora, meu fio. Dia di festa tomém é dia di confusão.

Na esteira, o diálogo agora é so entre o casal:

— Ara, todo mundo chama eu di bobo. — Braços cruzados em cima do peito, sua contrariedade é visível mesmo com a pouca luz que entra pelas frestas da porta de madeira.

— Cosme, aqui é cidade grande. É que nem Salvador, se nós faz cara de bobo, fala que nem bobo ou age que nem bobo, os outros se aproveita. Nós tem que ficar esperto. Agora vamos dormir que eu não tô aguentando o olho aberto.

E não houve fogos, gritos ou cantoria de bêbados que atrapalhassem aquele sono.

— Bom dia, vó Joaquina. Nois quiria gradecê o pouso e o fejão. Nois tá indo imbora. — Cosme beija a mão de vó Joaquina, enquanto Merenciana enrola as esteiras.

— Vocês vão pra ondi?

Cosme e Merenciana se olham, mudos.

— Lá no fundo do zungu tem um quartinho vago. — Vó Joaquina lança um olhar na direção da porta da Miguelina. — Sô Manoel, vem aqui um tantim!

— Pois não, dona Joaquina. — O senhorio surge de dentro dos lençóis alvejados estendidos no corredor do cortiço.

— Aquele quarto lá no fundo do zungu tá vazio?

— Aqui é uma casa de cômodos, dona Joaquina, não é zungu. Mas é pra quem?

— Pros meus sobrinho aqui...

— Cosme...

— Merenciana...

— Ora, pois. Temos dois libertos aqui, dona Joaquina. — Ao açoriano não escapa nada, e os pés descalços traçam a linha hierárquica.

— Livre, sô Manoel. A escravidão cabô onti, isqueceu?

— Tens razão, dona Joaquina, livres, mas tanto faz, não é mesmo? Bem... o quarto está vago, e tem um fogão a lenha e uma cama velha. E são dois meses adiantados. Cem mil réis. Temos uma bica, água fresca, direto de Santa Teresa. E podem lavar suas roupas lá. Mas, a ver só pela roupa do corpo, vocês não vão me dar muito prejuízo. E as retretas são lá nos fundos mesmo, do lado do quarto de vocês. Se ficarem, ora pois. Ficam? Então, passe para cá. Cem, bem contados. Aqui a chave. Ah! Um conselho, arrumem uns tamancos para usar nas retretas. — O açoriano se afasta, uma mão no bolso de dinheiro e a outra cofiando o bigode lustrado com banha de porco, levando consigo o barulho das tamancas contra o chão de cimento. A Vila de São Pedro dos Açores tem mais dois moradores; e o açoriano, mais cem mil réis no bolso.

— Ara, vô tê qui arrumá trabaio rápido, Merenciana. O dinhêro num vai durá muito. Tantos ano fazendo balaio i o dinhêro vai com o vento.

— Eu não tenho nada pra ajudar, Cosme. Mas eu posso fazer doce pra vender. Cocada, mariola, amendoim torrado, cuscuz, puxa-puxa... Mas precisa comprar panela, tabuleiro, colher de pau, faca, açúcar, coco, banana...

— Tá bão, Merenciana. Intendi. Mais dinhêro.

— É, homem, senão como é que nós faz? E sapato, Cosme. Quem olha pra nós, pensa que somos escravo ainda.

— Num tem mais iscravo, Merenciana.

— Mais mesmo assim, Cosme. As pessoas olha e faz pouco de nós.

— Bom dia!

— Já é boa tarde, Edigá!

— Vó Joaquina falou que vocês conseguiram esse quartinho. — Edgard repara na umidade, nos cocôs de rato pelos cantos e no cheiro insuportável vindo das latrinas vizinhas. — É, a festa foi boa, não vai ter outra igual a essa. Só se voltar a escravidão e acabar de novo. Cosme, vamos dar uma volta? Quero te mostrar um lugar.

— Não demora, Cosme, eu vou ficar com a vó Joaquina um pouco.
— Merenciana desfaz a hesitação de Cosme.

Alguns passos para a esquerda do cortiço e já estão no Campo da Aclamação, outrora Campo de Santana, rabo de olho para o outro lado daquele imenso jardim, talvez algum meganha na porta da delegacia ou por entre as árvores. Tudo é novidade. Cosme vai reparando nas casas de dois andares, o cachorro magro que atravessa a rua, em alguns comércios abertos, nos restos da festa da noite anterior, no carroceiro que puxa as verduras e os legumes, apregoando-as. Segunda-feira é sempre segunda-feira, mesmo um dia após a Abolição. Rua dos Inválidos, do Riachuelo, do Visconde Maranguape, rua da Lapa, Glória.

— O mar! — Cosme não teve dificuldades em reconhecer a vastidão de água que Pai Chico tantas vezes descrevera nas noites de sábado e que ele imaginara como uma fera azul e quente. Sem olhar para os lados, atravessa a rua sem ouvir o xingamento do condutor do bonde nem o relincho dos cavalos. Salta o parapeito, pisa a areia e se deixa cair na água fria. Nem quente nem azul. "Ara! É branca, não é azul e é fria", sal na garganta, areia nos cabelos e os braços abertos para o sol, estranha a faixa de terra do outro lado do mar.

— É Niterói.
— Pai Chico dissi qui do ôtro lado é a África i não dá pra vê, não isso qui suncê dissi.
— Quem disse?
— Você.
— Aqui não é o mar, Cosme. O mar mesmo você vai ver lá de Copacabana. Aqui é só uma baía. Baía de Guanabara. Tá vendo aquele pedaço lá no fundo sem terra, do lado do Pão de Açúcar?
— Pão di Açúcar?
— Isso. Lá é o mar de verdade.

Um assovio comprido, dois breves, outro comprido. Edgard se volta e, de uma distância que não permitia o reconhecimento, cumprimenta quem vem levantando areia.

— Entra espada, Pedro.

— Entra espada, Edgard. Você não disse que o admirador da Princesa sabia nadar tão bem. Qual seu nome, nadador?

— Cosme. Sun... você tomém gosta do Imperadô?

— Se eu gosto? E você acha que o meu nome vem da onde? Pode me chamar de Cá Te Espero. Mas agora a Isabel, Redentora e Futura Imperatriz, é a minha favorita. Tem muita gente que não gosta dela: os donos de fazenda, escravocratas como aquele Barão de Cotegipe, os liberais, os republicanos... Mas nós vamos lutar por eles, não é mesmo, companheiros? E sabe como, nadador? — Cá Te Espero não espera resposta para aplicar um rabo de arraia em Cosme, nada que o faça ficar com mais areia do que já tinha pelo corpo. Cá Te Espero estende-lhe a mão. — Você precisa aprender a lutar, Cosme! Tá vendo? Balança o corpo, pra frente, pra trás, pro lado, pro outro. Isso. Olha a perna de apoio. Agora troca. Esquerda, direita. Aprende a abaixar o tronco. Tem que fazer isso todos os dias. Primeira lição. O golpe não vem só de baixo, vem de cima e vem do lado também.

— Ah! A orelha do Cosme sabe muito bem disso, não é? Mas vó Joaquina já está curando, Cá Te Espero.

— Vó Joaquina, sempre ela. Nossa enfermeira. E a carraspana de ontem, Edgard? Achei que você não iria sobreviver a tanto vinho e parati junto. Que pifão! Vim pensando que você não vinha. Já pensou, morrer no primeiro dia de liberdade?

— Que nada! A gente já era liberto há muito tempo, muitos outros irmãos é que não. E a Belarmina cuidou de mim direitinho e eu fiquei bonzinho.

— Não acredito. Depois daquele pifão você ainda aguentou alguma coisa? Mudando de assunto: a gente precisa se organizar, Edgard. Tem uns jornalistas com conversa de formar um grupo de capoeira pra defender nossas conquistas. Pessoal da Confederação Abolicionista, da *Gazeta da Tarde*, até o Boca Queimada tá junto.

— Mas eles não gostam do Imperador nem da Princesa, Pedro, querem a República.

— Não é não.

— É, sim, Pedro. Vamos tomar cuidado com quem diz que quer proteger a gente. Quem ataca nosso protetor acaba dando uma rasteira. — Passando para trás do amigo e aproveitando um descuido, Edgard segura a parte traseira do braço, outra mão no peito, ao tempo em que lhe levanta a perna de apoio com a parte traseira do pé, colocando-o de costas na areia. — Entendeu?

Cá Te Espero não se abala, levantando de um pulo, dando um susto em Cosme.

— Quem não entendeu foi você. — Um pouco ofegante pelo movimento acrobático, bate as mãos de areia, balança o tronco repetidamente para, ao perceber a desconcentração de Edgard, aproximar o pé do seu peito, parando o calcanhar a um dedo do plexo solar. Fingindo surpresa, Edgard dá um mortal para trás, caindo sobre os pés, sem perder a fala. A cabeça e os olhos de Cosme na vã tentativa de acompanhar todos aqueles movimentos.

— Não entendi o quê, nagoa?

— Isso. — Cá Te Espero prepara a rasteira, mas Edgard faz a esquiva de estrela, aú salvador. — Trasteja não, capoeira!

— Viu como eu entendi? — Edgard pronuncia a frase tendo o lado externo do pé na altura do pescoço de Cá Te Espero. — Quem tá falseando golpe é você!

Corpo ereto, Edgard faz uma pausa no teatro, apruma o corpo e assume um tom sério:

— Quem protege a gente é o Imperador, capoeira. Esses jornalistas são todos republicanos. A gente tem que ser fiel a D. Pedro e à Princesa Isabel. Eles nos libertaram. E os meganhas estão por aí juntando os capoeiras pra fazer uma guarda pra proteger o Império. E não podemos cambar pro outro lado.

— Esses meganhas e políticos só querem saber de usar a gente, Edgard. Aí, quando não serve mais, vamos pro palácio de cristal. Da última, fiquei três meses. Não quero nada com esses botões amarelos. E você também não quer.

— Se você não tivesse feito rolo com o inspetor, podia ter assinado o termo de bom viver e saía tranquilo. Tem que ser malandro, Pedro. Passinho mole.

— Eu não consigo falsear minha raiva. Por isso que eu quero ficar com quem lutou pela Abolição, fez discurso, escreveu nos jornais todos esses anos e agora defende a nossa cor e a nossa liberdade.

— Esse pessoal do jornal é republicano, querem derrubar o Imperador.

— Não é não, Edgard. Sabe quem está à frente do jornal para juntar os capoeiras? O José do Patrocínio!

— O José do Patrocínio? Não é não. E eu vou te provar. Senhora da cadeira!

— Senhora da cadeira!

Assim os dois capoeiras se despedem. Edgard e Cosme retornam pela calçada da praia do Russel, a presença da Nossa Senhora da Glória do Outeiro ao fundo, enquanto Cá Te Espero vai na direção contrária, os matagais das Laranjeiras ainda a um bom pedaço dali. Rua da Lapa, Visconde de Maranguape, Riachuelo, Inválidos, Cosme vai questionando.

— Senhora da Cadeira é o nosso nome, Cosme. A gente mora ali no Campo de Santana, é a cadeira de Santa Ana.

— E me... me...

— Meganha. Meganha é policial. Tem uns de uniforme, esse é fácil de ver, e gostam de dar bofetada à toa. Mas só quando estão juntos e a gente está sozinho. E tem os outros sem uniforme, esses a gente tem que conhecer para não pegarem de surpresa. Estão sempre olhando a gente de alto a baixo, querendo adivinhar se a gente é capoeira, de alguma malta.

— É por isso qui o Cá Te Espero não gosta de polícia.

— Eu também não. A maioria não gosta, mas tem alguns que são amigo de meganha e até trabalha pra polícia.

— E malta?

— É o grupo de capoeira que fica junto. Tem a da Santa Rita, que não gosta da gente, tem a da Glória, que é nossa amiga. Tem muitas.

— E palácio?

— É onde a gente fica preso, esperando o juiz pra ouvir a gente.

— E passinho mole?

— É ficar discreto pra não pegarem a gente. Mas você pergunta muito, Cosme. Olha tua mulher aí.

Cosme interrompe o passo, não pela presença de Merenciana, mas por ter escutado aquilo, tua mulher aí, algo que ele tanto imaginara, mas do que ainda não havia se dado conta. Mas era isso. Empreenderam uma fuga, viagem de trem, já dormiam juntos e no mesmo quarto, na mesma esteira. Eram um casal. Apesar de juntos há apenas dois dias, um casal. Não casado, mas um casal.

— Oi, Merenciana. — Sorriso nos lábios.

— Oi, Cosme. Vamos arrumar de comer, Cosme. Eu não tô aguentando de fome.

Cotovelos sob a ripa que serve de balcão e mesa, Cosme e Merenciana vão devorando suas porções de angu, antes mesmo que as sardinhas fritas, odor suspenso no ar, chegassem a seus pratos. O quiosque da dona Maria, encostado na esquina da Praça da Constituição com a rua da Constituição, é o único aberto naquela segunda-feira. Satisfeitos, o silêncio da fome dá lugar à tagarelice de Cosme:

— Merenciana, sunc... você tinha qui vê. Elis sarta dessa artura ansim, e cai pra trais em pé. A pesada qui eu ganhei na oreia, agora eu intendi. Elis pula i fica uma perna no ar, isticada, a outra baixada i dá uma vorta ansim i cai di pé di novo. Cada hora é um. Elis fica esperando o ôtro dá o gorpe, mais num sabi quar. Aí tenta saí. Balanga pra lá, balanga pra cá, até a hora qui pega o ôtro disprivinido. Só qui elis não feri o ôtro. É di fingido.

— É, Cosme, eu conheço. Na Bahia tem capoeira também.
— Na tua terra tem di tudo, Merenciana.
— Na Bahia tem tudo que tem aqui, e melhor.
— Elis tem grupo di briga, Merenciana.
— Na Bahia também.
— Mais aqui é pra portegê o Imperadô i a Princesa. I briga contra botão amarelo.
— Botão amarelo?
— É. Polícia. I tem polícia qui junta com capoera.
— Não entendi, Cosme.
— Nem eu, Merenciana. Você precisa vê. Elis balanga o corpo pra lá i pra cá, perna por cima, perna por baixo, o tempo todo oio no oio, parece inté as dança da fazenda. Vai i vorta, faiz gira tempo todo, mais é tudo amizade. I o desafio é pra vê quem luta mais, qui nem os desafio do calango. Sun... você num viu, né, Merenciana?
— O quê?
— O calango... Todo mundo já cantô, já cantô galo carijó, todo mundo já cantô, já cantô galo carijó, aí Martinho respondeu, quem quisé sabê meu nomi, não percisa imaginá, trago verso na cabeça, como letra no jorná, i eu, quem quisé sabê meu nome, não precisa perguntá, eu me chamo limão doce, fruta de moça chupá, i o Martinho, tanto bem qui eu ti queria, tanto bem tô ti querendo, tomara ti vê morto, i os urubu ti comendo, i eu, tanto bem qui eu ti queria, meu cumpadri vô falá, tomara ti vê morto, pros urubu ti carregá, aí Martinho num respondeu... parô no meio da roda...

Merenciana não mais ouvia as descrições dos golpes de capoeira ou os desafios do calango que Cosme falava de memória. O tilintar de fivelas que involuntariamente lhe vinha aos ouvidos nada tinha a ver com as histórias que Cosme lhe sugeria. As suas mãos crispadas, fechadas como em um soco iminente, não eram imitações da narrativa da capoeira, mas a reação àquela mão aberta, espalmada contra a parede fria que servia de anteparo para o abuso. Abuso que vinha à tona e lembranças que não respeitavam seu desejo de esquecimento, travavam seu corpo e lhe umedeciam os olhos. Ao contrário, impunham-se, soberanas e onipresentes, após passados aqueles momentos de euforia do novo e do inédito desde o desembarque na estação de trem. Seria essa a nova rotina? O remoer da violência, os movimentos espasmódicos de repulsa e asco de seu ventre? Precisava dominar a sua mente e o zumbido da voz de Cosme era um motivo a mais de exasperação.

— Tá bom, Cosme! Já entendi tudo. Não precisa falar mais.

— Tá bom, discurpa. — Surpreso, Cosme se cala. Merenciana nunca havia lhe falado assim. Súbito, veio-lhe à mente o motivo da repentina irritação de Merenciana. — Você alembrou do Barão, né, Merenciana? Discurpa.

— Você não tem culpa. Nós precisa dar um jeito de ganhar dinheiro, Cosme. Vem comigo.

Sem esperar resposta, Merenciana arrasta Cosme pelo braço. Primeira à esquerda da praça, cruza duas ruas, direita, atravessa para o outro lado, esquerda de novo, segunda loja. Estava aberta, vó Joaquina tinha razão. O secos e molhados do Tufic só fecharia no dia seguinte à sua morte. No comércio de duas portas e paredes de cor indefinida, de lamparinas a lampiões, balaios e baleiros, ratoeiras e ratos, remédios e venenos, toda sorte de panelas e utensílios em prateleiras escurecidas pelo tempo e pelo manuseio, sempre a preço módico. Merenciana vai olhando de cima a baixo, cada centímetro da loja ocupado por alguma quinquilharia. Tentando encontrar caminho entre os obstáculos, não encontra nada do que procura. Dentro de um cesto aberto, um vigia peludo enroscado como uma cobra tira sua hora de descanso. Do fundo da loja:

— O que deseja?

— Um tacho dos grandes e outro pequeno, moço, colher de pau grande e pequena, faca... o senhor tem tabuleiro? Não tem menor? Desse tamanho tá bom. Não tem uma colher com cabo maior? Assim. Isso tudo, seu moço? É muito dinheiro! Vó Joaquina disse que aqui era tudo em conta.

— Vó Joaquina? Ah, então eu tiro dois mil réis.

— Licença, seu Tufic. — Merenciana se vira para Cosme, que está olhando a rede de pescar pregada no teto. — Cosme, você paga? Oito mil réis. Nós precisa dessas coisas pra cozinhar.

— Pago, Merenciana. Eu vô pegá o dinheiro. Você iscondeu o embornar dentro do fogão di lenha? — Um sussurro que nem Merenciana ouviu, mas compreendeu.

— Sim. — E voltando-se novamente para o turco. — Seu Tufic, o senhor tem peneira?

O turco sai andando pela loja em direção à saída, "Não é todo dia que compram peneira, senhora". Na porta, finge procurar entre um monte de balaios. Certifica-se de que Cosme já está longe e retorna, peneira na mão.

— Aqui, senhora...

— ...Merenciana. Quanto é?

— Não é nada a mais, dona Merenciana, fica por conta da compra grande. — O turco posta-se a uma distância que não deixa dúvidas quanto ao preço a ser pago. — Pode até sair tudo de graça, dona... Merenciana...

Constrangida e acuada, Merenciana vai contornando caixas e balaios, tentando encontrar a porta, sem se deter ante as ofertas de Tufic. Mesmo sendo o turco conhecedor dos caminhos e atalhos de sua loja, Merenciana consegue se safar, escorregadia como uma cobra, não sem antes uns esbarrões, peito contra seio ou uma pegada nas coxas. Já na rua, em passo acelerado, cruza com Cosme, mal se detendo para lhe dizer:

— Tô com dor de barriga, Cosme. Tá tudo separado na loja. É pagar e pegar.

Merenciana não espera ficar sozinha para soltar um grito de raiva. Os passantes desviam-se dela, "deve ser mais uma dessas loucas". Os abusos na fazenda, os homens que a cercam e invadem sua privacidade mesmo estando na companhia de outro homem. Não haveria espaço para a tranquilidade, para as suas escolhas? Teria que usar sempre da esperteza, da agilidade física e mental para se livrar dessas armadilhas? Escolheu Cosme, mas não respeitam essa escolha. Não respeitam nem ela nem Cosme. Quase tromba com um carroceiro que vinha pelas suas costas. Outro grito, e o condutor, já com seus sessenta anos, mal consegue parar a carroça de lenha e se desculpar. Com a pisada dura e rápida, entra no cortiço esbarrando nas tinas repletas de roupas por estender. Sem dar ouvidos às reclamações, entra no quartinho. Vira-se para a parede abafando o choro, mas não as convulsões. Precisa se acalmar, Cosme está para chegar e não quer que ele a veja de olhos vermelhos.

— Merenciana, óia o qui eu achei no caminho: lenha. Da seca. Tava no meio da rua, devi di tê caído i o dono não viu. — Cosme deposita o saco com as compras no chão, senta-se em frente e vai retirando os volumes um a um, tentando adivinhar com o tato quais são os objetos.

— Tacho!

— Esse é fácil, Cosme! — Merenciana coça o nariz furtivamente.

— Faca!

— Fácil!

— Cuié de pau!

— Grande ou pequena?

— Piquena!

— É grande! Errou!

— Ôtra cuié de pau!

— Grande ou pequena?

— Piquena!

— Errou! É grande!

— A ôtra qui é grandi.

— Essa tambem é grande. Só é menor.

— Ara! Você é isperta, Merenciana. As duas é grandi. Por que você tá fungando?

— Peguei um vento na hora que eu tava voltando, Cosme. E comecei a fungar. — Merenciana abaixa a cabeça disfarçadamente para que Cosme não perceba a vermelhidão em seus olhos.

Era a primeira vez que Cosme abria um saco onde não houvesse apenas café ou milho. Tinha o seu embornal, mas era diferente. Ter em mãos algo que fosse seu, comprado com seu dinheiro, direto de uma venda, como se fosse um homem livre, "Ara! Eu sô lirvi!". Havia também as sacas de café que ele entregava para seu Zeca da venda, murchas a bem da verdade, mas essas eram fonte de medo e muito disfarce. Essas, não! Podia levar pela rua, à luz do dia, sem receio de ser pego em flagrante, com um sorriso nos lábios e cumprimentando as pessoas.

— Eu tô filiz, Merenciana. Você tomém tá filiz?
— Sim, Cosme. Eu tô feliz. — Ela sorri.
— Dá um bêjo, Merenciana. — Cosme já avança o rosto, mas é contido.
— Não, agora não, Cosme. — E já emenda outro assunto. — Mas essas panelas não serve de nada sem o que pôr nela, Cosme. Nós precisa de coco, açúcar, leite, amendoim...
— Carma, Merenciana, nois num dá conta di tanto serviço. Hoje tá tudo fechado, só o turco tava aberto. Você num viu? Ah! Quasi qui eu isqueci...
— O quê?
— Adivinha. — Cosme estende o saco aparentemente vazio para Merenciana.
— É graveto... não... colher pequena... vara de marmelo... não sei... a coisa grande é pedaço de madeira... caixa... livro...

Cosme puxa o saco e deixa os objetos à mostra:
— Caderno i lápis.

A sombrinha e nada eram a mesma coisa, o sol de junho já não era mais brando como antes, vai pensando Antônia. Sobe as escadas, esbaforida, correspondência numa das mãos, enquanto Damião descarrega as compras do armazém.

— Ai, Clementina, eu estou morrendo de fome. Onde está mamãe?
— Oi, minina Tonica. D. Inês tá no quarto dela. Vô prepará seu armoço.

— Olá, mamãe. Eu trouxe a correspondência dos correios.

— Minha Nossa Senhora! Quanta coisa! Trouxe os aviamentos? Bom. Pega a espátula lá no escritório, minha filha. Vejamos, carta da minha prima Isabel, de Portugal... carta do Banco do Brasil... espero que não seja mais cobrança... e essa carta, de quem será? Rio de Janeiro... Cosme! É do Cosme, Tonica! É pro Damião! Chama o Damião, Tonica.

— Mandou chamar, D. Inês?

— Carta do seu irmão, Damião.

— Carta do Cosme? A sinhora lê pra mim, D. Inês?

— Sim, Damião.

"Como suncê tem passado, irmão. Pai Chico, Ana Cabinda, Clementina, sô Bartolomeu. E as menina Tonica do Rosário e Leocada o Barão. — D. Inês prende a respiração e expira forte, retomando a leitura. — A Qele pai Chico meu irmão Damião todo mundo fala qui eu to bem. A Merenciana qui iscrevi e ta ensinando eu. Nois veio di trem. Nois acho luga pra fica aqui no Rio di Janêro. É piqueno tem rato fidido. A senzala é melo mais eu i Merenciana num que vorta. Aqui num tem xibata nem cafezar. Muita casa tudo amuntuado uma nas ôtra. Muita chareti aqui elis chama di calexi. As pesoa tao sempre com pressa pareci qui vai tira pai da forca. — D. Inês faz outra pausa e retoma a leitura, depois de um pigarro. — Nois chego aqui no dia da abolisao irmão o povareu em festa até uma semana dipois. Eu tenho carosa di água irmão intrego pras pesoa i proveito pra vende abobra do mato tem muita no moro dona Ineis. Merenciana vendi pé di moleqi i cocada na rua irmão. E muito bao o povo gosta muito. Fala pai Chico qui vo Joaquina tomem naceu Angola ela e muito boa pra mim i pra Merenciana. Muita sodadi irmão."

D. Inês passa novamente os olhos na carta e a entrega para Antônia, que, acabando a releitura, devolve-a para Damião.

— Rua da Constituição, Vila de São Pedro dos Açores. Eu conheço essa rua, Tonica, é perto do Campo da Aclamação. Deve ser algum cortiço. Que bom! Não imaginei que iria ter notícia de

Cosme algum dia, muito menos tão rápido. Eu quero ler esta carta para todos que resolveram ficar aqui na fazenda, minha filha. Posso, Damião? Obrigada. Peça para Clementina avisar a todos. Logo depois da Ave-Maria, no terreiro.

Como em todos os dias desde aquele doze de maio, D. Inês ocupava todo seu tempo, do despertar ao momento de puxar a coberta até o pescoço naquelas noites de fim de junho. Ainda de madrugada, acendia o fogão e espantava o frio e o breu, sempre na companhia de Clementina. Não eram mais as botas do Barão, mas a fricção dos chinelos de D. Inês, arrastados contra as tábuas gastas do andar superior, que a acordavam. Se a visão piorava a cada dia, o mesmo não se podia dizer de sua audição. A presença de D. Inês na cozinha acabava por aliviar seu serviço. Ralavam milho verde, recebiam parte da ordenha, ferviam o leite, passavam o café, assavam o bolo, tudo ao som dos galos que se revezavam, às vezes mais perto, estridentes; outras mais longe, quase inaudíveis, parecia diálogo de vizinhos distantes. Tudo, todos os dias antes das sete. Quando se levantavam, as irmãs já encontravam a mesa posta, e era o tempo de partirem para seus afazeres. Maria do Rosário nas aulas do grupo escolar na fazenda vizinha, e Leocádia na loja de tecidos do centro de Vassouras. Novos tempos. Só uma hora depois Antônia e Felipe, agora marido, se levantavam. "Tempo do amor", pensa D. Inês, sorriso no canto dos lábios. "E a janta acabou saindo antes de tudo, meu marido, e ninguém morreu por causa disso. Quanto ao café e ao almoço, elas que decidam quando e se irão pra mesa."

Antônia e Felipe auxiliam o trabalho com o gado, não era dos mais difíceis, mas organizar a ordenha de todas as vacas, tocar a boiada para os escassos terrenos sem pés de café e onde ainda havia algum alimento, plantar capim, arrancar os antigos cafezais, ferindo as entranhas da terra, eram tarefas ds quais, sozinhas, elas não dariam conta. O que seria daquela fazenda sem um braço masculino na família, mesmo desajeitado e pouco acostumado à lida pecuária? Mas forte e jovem. Gado que vem, joias que vão: colares de pérolas, brincos de ouro, anéis de diamante, cada preciosidade, e não eram poucas, agora mugiam no curral estreito em fase de expansão. Gado que vem, cafezais que vão. Agora as fogueiras são feitas todas as noites, até mesmo de dia, aproveitando a infinitude de lenha velha.

Os poucos ex-escravos que resolveram ficar eram preciosos, imprescindíveis mesmo. O gado por recolher, a cerca por levantar, o derradeiro café por colher, o leite por ordenhar. No fim de semana, cada qual a cuidar de sua roça. Milho, mandioca, arroz, porcos e galinhas incutindo-lhes uma precária sensação de proprietários. Assim, cada um que aceitou a proposta o fez pelo roçado prometido, sabedores de que o Banco do Brasil, a qualquer momento, poderia reivindicar a fazenda. Entre tanto trabalho duro e incertezas, tocavam a nova realidade como o carroceiro que, atolado, ainda não perdeu as forças nem a disposição de espírito. Talvez pela bondade dos homens ou, mais provável, pela providência divina. Aquela carroça é o que lhes resta, aos novos livres e às novas vaqueiras de Vassouras.

Sentada embaixo da única árvore do terreiro, D. Inês relê a carta de Cosme sob os olhos e ouvidos atentos de suas filhas, Damião, Pai Chico e Ana Cabinda, Clementina e Manuel Congo, Bartolomeu Caboré e Inácia Luanda, Martinho e Vicentina, João Velho, Ifigênio Crioulo, Benedito Cambá, Maria Crioula e João Novo, além de Juvêncio, Estevão Manco e Prudente. E só. Em sua maioria, a velha guarda; dos mais novos, os dois casais com projetos de família. A leitura é rápida, mas suficiente para provocar reações as mais diversas. Do desejo de Damião de ir atrás de Cosme, do sorriso de olhos fechados de Pai Chico, das lágrimas de Clementina, à pouca coragem de João Novo e ao olhar duro de Prudente, ninguém fica indiferente. E como Prudente, com tantos que o detestavam na fazenda, ainda continuava ali?

— Cosmi vendi água, João. — Ifigênio não acredita no que ouve. — Aqui nois num paga nada. Mais si num tivé dinheiro, morre di sedi!

— Não, Ifigênio. No Rio tem fonti nas rua, podi bebê.

— Ah! Bão.

— O que é caleche, minina Leocádia?

— É uma charrete igual à nossa, Estevão, mas com cobertura. Lá no Rio nem todo mundo tem charrete. Eles pagam pela viagem para ir de um lugar ao outro. Os mais abastados. Ou então tomam o bonde, que leva mais de vinte pessoas. Todas sentadas.

— Verdadi?

— Do Rosário, você viu o envelope da carta?

— Não, mamãe.

— Sumiu. Bem, rua da Constituição, vila de São João ou alguma coisa assim...

D. Inês antecipa para Prudente, mãos nos bolsos, aquilo que ele iria reler solitariamente na cama, até decorar, restos de uma flor de laranjeira ressecada entre os dedos.

Cosme esperava há uma semana o momento exato da colheita. Deixara-a bem malocada entre as próprias folhas, galhos secos por cima, vai que aparece um outro aguadeiro vendedor de abóboras que nem ele. Essa era das maiores, uns oito quilos. Talvez conseguisse uns bons réis, já ajudaria no aluguel e não precisaria gastar o resto das economias. O tonel já aguardava em cima da carroça, até o tampo de água.

— Tá precisando de ajuda, moço?

Cosme se assusta. A voz num tom recriminador e a semelhança daquele homem com Pai Chico travam seus movimentos, que logo são retomados com a ajuda para colocar a abóbora em cima da carroça.

— Força, rapaz! Você tá vendo aquela casa ali em cima? É a minha casa. E esse terreno aqui é o meu quintal. Entendeu, moço? Quando você quiser pegar abóbora, pode bater no meu portão e chamar pelo seu Chiquinho. É de madeira velha, mas não quebra não.

— Chiquinho qui nem Chico?

— Isso, de Francisco. Por quê?

— Nada, não. Brigado pela abóbra i pela ajuda, seu Chiquinho.

Com a abóbora imprensada entre o tonel e o fundo da carroça, Cosme vai dosando as forças para não perder o controle nas descidas. Já no cortiço, leva o carregamento para o seu quartinho. Merenciana, um pé na rua, está terminando de preparar os tabuleiros de cocada e pé de moleque:

— Que grande, Cosme! Era aquela lá do morro no Estácio que você falou? Você bem que podia descascar e picar uma banda da abóbora pra mim. Quero fazer um tabuleiro de doce pra vender.

— Deu trabalho, Merenciana. É pesada i o dono do terreno me pegô, mas deixô eu trazê. O nomi deli é Chiquinho i eli usa uns colá di cor qui nem Pai Chico. Eli dissi qui eu posso pegá, maisi tem qui pedí.

— Ontem eu passei por uma vendedora de cocada lá na rua Luiz de Camões. Ela tava toda de branco, parecia roupa de Iemanjá. A voz também parecia de baiana, que nem eu. Eu já vou, Cosme. Ah! O Edgard veio atrás di você. Deve de tá na vó Joaquina. Ele também disse que veio um homem procurando você e disse que era de Vassouras. Não é a primeira vez que ele vem aqui procurando.

— Jura? Quem será? Não é Damião, ele é ingual eu. Ele ia vê e falá pra ficá. Quem será?

— Não sei. Edgard disse que parecia ter uns trinta anos, de barba... Eu já vou, senão pegam meu lugar. — Merenciana coloca o pano branco em cima da cabeça, os tabuleiros em cima do pano e sai pelo cortiço desviando dos lençóis estendidos, das conversas das lavadeiras e das últimas notícias da vida alheia. Acaba voltando, mão na boca, correndo em direção às latrinas do fundo do cortiço e logo retornando.

— Tudo bem, Merenciana?

— Tudo. Vou de novo. Não vai entrar em briga, hein, Cosme. — Merenciana sai ainda mais rápido que antes, equilibrando o tabuleiro.

— Briga? Eu? — Merenciana já vai longe e Cosme não se faz ouvir. Virando-se para a porta da preta velha, interroga: — Vó Joaquina, quédi Edigá?

— Aqui, Cosme. Vamos na ladeira. — Edgard sai do quarto e vão sem palavra em direção à Glória, onde Cá Te Espero e mais alguns já estão aguardando.

— A pessoa di Vassôra não falô o nomi?

— Não, Cosme. Disse que voltava depois. Não tinha cara de amigo não. — Olhando a paisagem de pequenas ondas da praia da Glória embaixo, emenda: — Aqui em cima é mais seguro, não tem morcego atrás dos postes.

Cá Te Espero toma a palavra:

— Então, vassourense, mostra para nós o que você aprendeu. — Antes que o cambapé de Cá Te Espero pudesse encostar no calcanhar de Cosme, ele pula para trás num mortal, se livrando da rasteira. Na sequência, encosta a ponta do dedão do pé nas costas de Cá Te Espero.

— Muito bom, capoeira! Eu já posso te chamar assim. Edgard, dá uma sardinha para ele. Mas olha onde você vai esconder isso, hein, capoeira! Navalha é para ficar fechada e guardada nas costas. Se guardar na frente, você pode não ser pai. Você ainda não é pai, não é? Ainda vai deixar sua mulher triste. — Gargalhada geral na roda. — Ajeita isso na cabeça, aba pra cima. Muito bom! Pessoal, eu queria apresentar para quem ainda não conhece o Cosme, o mais novo nagoa do grupo. Ele é um ex-escravo da fazenda Santo Antônio, de Vassouras. Ama a nossa Redentora assim como a gente e já vai ter rolo logo no primeiro dia. O pessoal do Largo de Santa Rita pegou nosso amigo aqui, o Lagartixa, covardemente. Muitos contra um só. Se juntaram com aqueles portugueses filhos da puta. Vêm pra cá como escravos e tentam roubar nosso território. Mas a gente sabe onde eles gostam de ficar bebendo parati lá na rua São José, perto do Paço. Carne Seca, chega cedo, fica lá no bar de secreta e depois de beberem bem você dá o sinal. A gente vai ficar espalhado pelas ruas do lado. No sinal, a gente sai e pega eles. Juarez, bom te ver aqui, saiu do Palácio de Cristal?

— Sim, assinei o Termo de Bem Viver e saí. Melhor aqui fora, Cá Te Espero.

— Pessoal, tá enchendo de gente, a missa vai começar. Vamos embora. Amanhã, sete da noite no ponto do largo da Constituição, embaixo da estátua do D. Pedro.

O grupo desce a igreja da Glória em silêncio, num quase trote involuntário, esbarrando nas senhorinhas curvadas, xales nas costas e rosários nas mãos, que vão ladeira de paralelepípedos acima. Sem se despedir, cada um toma seu rumo. Matagal das Laranjeiras, Campo de Santana, morro do Castelo ou a Glória mesmo, os capoeiras defensores da Princesa Isabel se dispersam por toda a cidade. Formam um cinturão invisível contra as maltas do centro da cidade, antigos guaiamuns e inúmeros estrangeiros, espanhóis, franceses e portugueses, muitos dos Açores, os chamados engajados, que vieram por alguma perspectiva de vida no Brasil, trocando a liberdade por uma passagem nos navios de imigrantes. Em solo, são repassados aos comerciantes locais, quase sempre portugueses, e trabalham, às vezes por cinco anos, a troco de comida e cama nos fundos do comércio. Juntar-se aos outros açorianos emprestava um pouco de emoção e pertencimento àquela vida de miséria.

Sábado, onze da manhã. Cosme já havia vendido as abóboras colhidas ainda ao nascer do sol, bem como toda água. Era o dia de maior movimento na cidade, quando muitos dos que trabalhavam durante a semana aproveitavam para se abastecer de suas necessidades. Merenciana, recostada no chafariz do Largo da Carioca, tabuleiro quase vazio, surpreende-se com a chegada de Cosme àquela hora.

— Oi, Merenciana. Vamo dá uma vorta?
— Eu tô trabalhando, Cosme, não tá vendo?
— Tem quase nada aí, só cocada quebrada. Vamo?

Merenciana conta as moedas, quase seis mil réis, féria muito boa para um sábado. Olha para o lado, vê o quiosque cheio de fregueses debruçados e pede ao dono:

— Seu João, o senhor podia guardar o tabuleiro pra mim? Se quiser vender o resto, é seu.

— Vai, Merenciana. Segunda-feira eu chego cedo.

Voltando as costas para o largo, adentram a Uruguaiana. A passos lentos pelo meio da rua, vão observando as vitrines reluzentes, homens de casaca e mulheres de vestido parados em frente às lojas, embrulhos e pacotes embaixo dos braços ou, quando muitos, carregados pelos pretos. Confeitarias, chapelarias e magazines se sucedem também nas ruas adjacentes, a extraírem de Merenciana e Cosme brilhos dos olhos, retração nos passos e distância dos compradores. Mundo de luxo e riqueza, tão próximo de suas casas e tão distante de suas possibilidades.

— The-a-tro Ca-fé Can-tan-te — balbucia Cosme.

— Muito bom, Cosme. Você tá lendo!

— Merenciana, tá parecendo a bunda da muié.

— Tira o olho. Agora eu entendi, você até aprendeu a ler.

— Merenciana, é tinta no vidro. Não é di vedadi.

Mudando o olhar e o assunto, Cosme se vira para o outro lado da rua do Ouvidor. Na vitrine, fraques, bengalas, camisas de linho, lenços de seda, abotoadeiras e muito mais, tudo no mais alto padrão da Corte.

— Ca-mi-ca-mi-sa-ria. Camisaria. A-me-ri-ca-na. Camisaria Americana. Eu acho qui o Barão comprava as rôpa deli aqui. É bunita essa bengala. — O deslumbramento reluz no rosto de Cosme. — Merenciana, qui é essi pedacinho di papel?

— É o preço da bengala, Cosme. Um, dois, zero, cifrão, zero, zero. A bengala custa cento e vinte mil réis, Cosme. É muito dinheiro... Segura aqui, Cosme, com a mão direita. Eu vou contar com os meus dedos. Agora, passa as moedas pra mão esquerda. Dois. Agora pra direita. Três. Agora passa pra esquerda. Quatro. Direita. Cinco...

— Ara, Merenciana, tô cansado.

— Vinte, Cosme. Deu vinte vezes os seis mil réis que eu ganhei hoje. Vinte dias de trabalho. Eu tenho que vender muita cocada pra comprar uma bengala, Cosme. Viu quanto custa uma bengala dessa? — Cosme abaixa os olhos, mas não tem tempo de refletir. — Retomam o passeio pelas ruas do Centro.

— Cosme, vem cá. E ali, o que é aquilo? — Merenciana não quer tristeza num dia de passeio.

— Ca-sa Ca-vé. Casa Cavé.

Os reflexos da vitrine, misturados às cores vibrantes e à ausência de outras pessoas naquele momento, atraem os dois.

— Que lindo, Cosme! Olha esses copo, os bolo, tudo tão cheio de cor e luz.

— É cristal, qui nem da casa-grande. Si quebrassi um, acho inté qui nois ia pro tronco. É tudo di comê, Merenciana?

— Acho que sim.

— Vermeio qui nem coração di bananêra. — Cosme admira-se com as cores dos macarrons.

— Tar-te au ci-tron... canelé... baba... é tudo muito bonito, Cosme.

— Dá vontadi di comê.

— Qu'est-ce que vous voulez? Han? Han? Vas-y! Dégagez! Dégagez-vous! Sortez d'ici! Vas-y! Vas-y!

Não era preciso entender francês para compreender quando se é enxotado. Alguns passos adiante, uma aglomeração em torno de uma cabeleira loura que se sobressaía na multidão e uma caixa sobre um tripé. Ambos se detêm, atraídos também pela excitação dos que acabam de sair da roda e pelo sotaque esquisito:

— Vieni a vedere! L'ultima eruzione dell'Etna! Vieni! Solo cento réis. Il vulcano piú potente del mondo! Ficcara la testa qui. Ottimo! Il diorama! Cento réis! Solo!

— Merenciana, você qué vê? As pessoa sai falando i rindo, devi di sê bão. Você óia um pôco e eu óio um pôco.

Merenciana calcula quantas cocadas valem cem réis, pensa na venda do dia e acaba cedendo.

— Vai você primeiro, Cosme.

Cosme aguarda impaciente, três ou quatro pessoas na frente. Na sua vez, curva o tronco, enfia a cabeça no pano preto e ouve a contagem regressiva do italiano: "Tre, due, uno". Logo Cosme solta exclamações que acabam por despertar a indiferente Merenciana, que o empurra para o lado, tomando-lhe o lugar.

— Moço, saiu sangue do morro, moço.

— Borbuiô di sangue.

O italiano, preocupado em arrecadar os níqueis na fila, não se comove com as palavras de Cosme.

— Não é sangue, é lava que fala. E não é morro, é vulcão. — Um menino de seus onze anos vai tomando a frente de Cosme, enquanto aguarda que Merenciana tire a cabeça de baixo do pano preto. — Da outra vez, era um dinossauro que avançava em nós.

— Dinossauro?

— Igual lagarto, só que maior e anda só em duas patas, com uns dentes muito grandes. A cabeça fica pro alto assim. — O menino estica as mãos para a frente e o pescoço para o alto. — E eles têm mais de dez metros.

— Lagarto de dois pé? Ara! Di deiz metro dentro da caxa preta?

— Não é caixa preta que fala. É diorama. Mas é de muito antes. Antes do avô do avô do avô do avô do seu avô. Dinossauro não tem mais.

— O qui eu sei di trais é os antepassado da África qui Pai Chico falava pra mim. Lugá di muito mato, inhame, quiabo, muita dança, criança, água, pessoa, bicho grande, bicho piqueno... Muita gente filiz, Pai Chico dizia. Quem ti contô essas coisa?

— Meu professor. — O menino interrompe o diálogo, enfiando a cabeça no pano preto.

— Larga de prosa, Cosme. Vamos pra casa. Tudo bobiça. Perdi cem réis. Em casa você me dá de volta.

— Ara!

À noite, embaixo da estátua de D. Pedro:

— Para de assoviar para esses invertidos, Juarez. Parece que você prefere os afeminados do que mulher. — Cá Te Espero surpreende Juarez de longe, que, mesmo atrasado, vinha lentamente pela rua da Carioca.

— Arre! Deus me livre! É só pra azoinar eles. — Juarez se vira para Cá Te Espero, observando de canto de olho o grupo que se desloca para o lado mais escuro da praça da Constituição.

— Então tá. Capoeiras, vamos em grupos de três pra não chamar atenção, pelas ruas laterais da São José. Os grupos da frente vão parando mais perto do Paço, na rua detrás do Carmo, cada grupo de um lado. Nas esquinas, de secreta. Vocês vão ficar de frente pra casa de pasto que eles gostam. Edgard, finge que tá bebendo laranjinha, cerveja, qualquer coisa. Mas não é pra ficar bêbado, senão a gente não consegue nem acertar uma rasteira. Lagartixa, você pega quem você quiser. Afiou a navalha? A vingança é sua. Entenderam? Eu e meu grupo vamos ficar na esquina da rua da Quitanda. Vai, Edgard, leva o primeiro grupo. Cosme vai com Vasco e seu Januário. Com esses dois você vai ficar bem defendido, vassourense, e a gente vai conseguir vencer. E Edgard, quando eles estiverem bem trôpegos, você dá o sinal. Despacha o beco! Vai!

No último quarteirão da rua São José, em torno de dez homens, dentre açorianos, lisboetas, brasileiros brancos, brasileiros negros e um francês, se aglomeram na porta do Tesouro do Minho a reclamar do serviço:

— Ô Juaquim, tu não sabes que eu só bebo cerveja se for importada? Tire essa Boêmia daqui! Onde está a Carlsberg?

— Não sirvo dessas coisas aqui não, açoriano. Para ti, parati. Ou gengibirra. O que preferes?

— E a pimenta, Juaquim? Essa sardinha murcha não desce sem pimenta, patrício.

Na penumbra, Edgard já está há meia hora no fundo do quiosque defronte ao Tesouro do Minho, sentado num barril de vinho, cotovelos na ripa do balcão. Bebe lentamente, observando o grupo que, a cada instante, fala mais alto, narrando suas peripécias contra policiais ou grupos capoeiras rivais. Volta e meia, leva a mão às costas, certificando-se da posição de sua navalha. Exatos dez guaiamuns altercando peripécias, a bater no peito, simulando rasteiras e voa-pés. Ao perceber o grupo trôpego, absolutamente relaxados, corpos curvados pelo riso etílico, Edgard se levanta. Um assovio comprido, dois curtos, mais um comprido. Os capoeiras do Tesouro do Minho não chegam a reconhecer o sinal dos nagoas nem têm tempo de advertir os demais, "Tem mouro na costa". Logo já são cercados pelos grupos mais próximos, levando rasteiras e socos no chão. Chutes nas costelas, pisões no pescoço, a tentativa de reação é vã. Quinze capoeiras sóbrios a espancar impiedosamente um grupo de bêbados, sangue a correr pela sarjeta. Lagartixa reconhece um de seus agressores, a mão caleja-se de tantos socos.

— Edgard, você viu Juarez? Cadê Juarez? — Tal era a facilidade que Cá Te Espero, entre um chute e outro, consegue dar falta do recém-egresso da cadeia.

— Não... vi. — Edgard, um pouco ofegante, responde sem se deter. — Pensei que estava mais atrás.

Tal era o massacre que os nagoas sentiam-se constrangidos em usar suas navalhas. Satisfaziam-se em ver aqueles capoeiras contorcendo-se no chão, implorando para que parassem de bater. Cosme é surpreendido por um empurrão de Edgard. Ao virar-se, fica de frente com Prudente, faca em punho, muito próximo. Não tem tempo de erguer a navalha, mas vê o amigo cravar a sua na lateral de Prudente, correndo em direção ao Morro de Santo Antônio.

Por fadiga, a malta do Campo de Santana termina o serviço. Agora, porém, são eles os surpreendidos. Uma tropa de policiais vindos do Paço, cassetetes à mão e apitos à boca, cresce em direção aos capoeiras. Acuados, correm na direção oposta, mas, antes de alcançarem o Largo da Carioca, outra barreira policial se posiciona, cercando o grupo de nagoas. Eram muitos cassetetes para poucas navalhas. Cansados, se tornam presas fáceis da polícia, que, antes de dominar quase todos, quebra alguns braços e abre fendas em algumas cabeças. Nagoas e guaiamuns agora estão ombreados, atados pelos braços e pescoços à corda que os conduz até o distrito policial da Candelária. Uma rebelião, uma correria, e vários deles poderiam ser enforcados.

Rua Direita afora, um exército de ensanguentados se arrasta em descompasso, enquanto os policiais vão se regozijando, tapas nas cabeças, chutes nas bundas, cassetadas nas nucas.

— A pescaria foi boa, hein, inspetor? Tem sardinha, mas também tem tubarão, não é, Cá Te Espero? E esse aí do seu lado, quem é? Você não tem nome, crioulo? — O policial passa do deboche à irritação em poucos segundos, cassetete nas costelas, berro nos ouvidos. Mas o que o faz falar é o perdigoto no pescoço.

— Cosme.

— Cosme? E onde está o Damião? Você está precisando de um médico mesmo pra costurar essa orelha. — Outro safanão na mesma orelha acelera o passo desajeitado de todos os outros, aliados e rivais atados pela corda. Flagrados em pleno rolo, marcham lado a lado, ocupando toda a largura da rua Direita, à semelhança de um arrasto.

Não muito longe dali, na subida do Morro de Santo Antônio, Edgard finalmente para de correr. Recosta-se numa tábua que serve de parede de um dos inúmeros barracões, mãos nos joelhos, ofegante. Percebe, a poucos passos dele, um homem na mesma posição que a sua, ainda mais ofegante.

— Juarez, é você? Foi você que avisou à polícia! Por isso que você saiu da prisão, não é? Fez um acordo com os meganhas, seu traidor, filho da puta.

— Não é nada disso, Edgard! Você está enganado!

— Eu vi, excomungado, um cochicho seu com aquele inspetor. — Não há muito que falar, diálogo findo. Edgard avança na direção de Juarez, navalha em punho. Arma silenciosa, dedo na traqueia, boca silenciada. Assim como rapidamente avançou, recuou, deixando Juarez inerte no chão de terra batida.

Na porta do distrito policial, "Senta, abaixa a cabeça", cerca de trinta capoeiras estão recostados na parede, mãos às costas.

— Seu bando de vadios, capoeiras de merda. O Chefe de Polícia vai falar. — Delegado Júlio, comandante das prisões, passa a palavra. — Doutor, é com o senhor.

— Quantos de vocês aqui gostam do Imperador? Ninguém? Vocês mais se parecem com uma súcia, malta de pilantras! Falem! Quem aqui de vocês defende o Imperador? Se ninguém falar, então eu vou deduzir que vocês todos querem a República e o fim do Império. Conspiradores! Vocês vão todos presos! Vou perguntar de novo. Quem de vocês aqui apoia o Império?

Algumas poucas mãos se levantam, receosos de alguma armadilha. As primeiras delas são as de uns guaiamuns, portugueses. Dentre os nagoas, o primeiro é Cá Te Espero, que serve de exemplo para todos os outros. Quem ainda não havia levantado a mão, acaba por fazê-lo, pelo receio de ser um excluído.

— Muito bem! Agora vocês fazem parte da guarda da polícia. São defensores do Imperador e da Princesa. E os republicanos sumiram todos, não é mesmo? Nada como a polícia para acabar com os conspiradores do Império. Júlio, vai entregando as barretinas para cada um deles. Coloca esse negócio direito na cabeça, seu estúpido. Anota nome e endereço de todos eles. Amanhã aqui, às oito da noite. Quem não vier, será tratado como desertor. É cadeia só com data de ingresso. Entendido? Viu, Doutor? É só saber falar. Podem começar.

— João Simplício de Souza. Ladeira da Misericórdia, setenta, quarto doze. Guaiamum.

— Horácio das Neves. Ladeira da Misericórdia, setenta, quarto vinte e oito. Guaiamum.

— Ora, pois. Um português. De onde?

— Ilha do Faial. Açores.

— Vem de tão longe para ser criminoso aqui no Brasil. Próximo!

— Benevides dos Santos. Praia de Santa Rita, cem, quarto vinte e seis. Guaiamum.

— José Maria. Morro de Santo Antônio, primeira rua da direita. Tem número não. Guaiamum.

— Pedro Alípio da Silva. Rua dos Cigano, na vila Guimarães, quarto trinta e seis. Nagoa.

O cadastramento prossegue por muito tempo ainda.

— Vocês dois aí por último. Nagoas, não é? Nome e endereço.
— Eu não vou.
— Não vai o quê?
— Não quero ser meganha. Não vou.
— E você, também não vai? — Júlio acerta um tapa de mão aberta na orelha de Cosme, enquanto olha para Cá Te Espero. — Eu não escutei direito. O que você disse?
— Não. Não quero ser meganha.
— Eu também não vou.
Outro tapa, só que agora acertando o rosto coberto com sangue ressecado. Júlio retira o lenço do bolso com a ponta dos dedos e ordena:
— Agente Vieira, recolhe esses dois. Vou autuar como perturbação da ordem. Leva. Os outros estão todos liberados. Mas amanhã aqui às oito. Ah! Vieira, chame o carro da Misericórdia pro defunto que ficou na rua São José. Passem fora! Maltas de não sei que diga!
— Nome.
— Cosme.
— Sobrenome.
— de Deus.
— Cor preta. Pai?
— Não tenho não, sinhô.
— Mãe. Mãe você tem, não é?
— Isaura, sinhô.
— Idade?
— Vinti i treis.
— Data de nascimento?
— Vinti i seis di setembro, sinhô.
— E você. Nome.
— Pedro.
— Sobrenome.
— Dos Santos.
— Cor preta. Pai?

— Não tenho.
— Mãe.
— Maria da Conceição.
— Idade.
— Trinta e cinco.
— Nascimento.
— Treze de maio.
— Vulgo Cá Te Espero. Pra cela. Andem! — A mínima demora e Cá Te Espero recebe duas coronhadas na altura do fígado que o fazem se curvar sem gemer.
— Cosme, você não tem que chamar ninguém de senhor mais. Nem meganha, entendeu? Quem tem sinhô é escravo. Você não é mais escravo.
— Tá bão.
— Tá bão, tá bão. Não tá bom, não, Cosme. Você tem que falar que nem homem livre. Não pode ficar falando igual escravo mais. Ninguém vai te respeitar, Cosme.
— Tá bão.
— Como, Cosme?
— Tá bom. E você nasceu dia da Abolição di vedadi?
— De verdade, não. Eu nasci num sábado de Carnaval.
— Carnaval?
— Carnaval! Em Vassouras não tem Carnaval, Cosme? — Diante da negativa com a cabeça, Cá Te Espero continua, um tanto incrédulo. — O Carnaval é em fevereiro, cada ano é em um dia diferente. As pessoas saem de fantasia pelas ruas com a bisnaga de água de cheiro ou de farinha, batendo tambor. Os amigos se reunem e ficam pelas ruas cantando, dançando e bebendo. Até a polícia sai no Carnaval. Mas tudo acaba na terça-feira gorda. E tem que andar com os amigos pra ficar protegido. Tem muita briga. Por que você disse que não queria ser meganha?
— Eu não confio quem bati ni mim.
— Bate em mim. Fala.

— Bate em mim. Eu não confio.

— Nem eu, Cosme, nem eu. Mas agora nós vamos ficar aqui não sei quanto tempo.

— Eu perfiro.

— Prefiro.

— Prefiro.

— É isso, você tem brio. É homem de verdade.

A dor generalizada, a fadiga, a alta noite, tudo vai impondo à dupla o silêncio. O coração se acalma, e o torpor se apodera deles. Alguns gemidos, buscam a melhor posição no chão frio e úmido. Logo o sono vem, nem a tosse contínua de Cá Te Espero incomoda. Alta madrugada, a cela é aberta. Sem identificação ou alarde, um policial entra, desfere alguns chutes na costela de Cá Te Espero, que mal geme. Cosme fica em silêncio, esperando, mas nada acontece. Algumas horas a mais e o sol desperta Cosme, uma dor de cabeça que não lhe deixa sentir a perna que arrasta ou o hematoma na altura do fígado. Cá Te Espero ainda dorme do lado onde o sol não bate, respiração funda, os gemidos que não cessaram durante toda a noite. Terá sido sonho? O policial, os chutes, o barulho do cadeado? É a sede que o acorda, uma sede de oceano não satisfazer. Não consegue se levantar, uma única tentativa vã, o balde de restos resta seco no canto da cela, o chão encharcado.

— Cosme, pede água, por favor.

À tarde, uma vasilha com um líquido um tanto amarelado é deixado do lado de fora da cela. Cosme deita de barriga, tendo que esticar o braço para alcançá-la.

À noite, outra vasilha, outro líquido amarelado, só que salgado, morno, com alguns pedaços boiando, simulando galinha. Talvez boi. Suficiente para revigorar os detidos, o líquido intragável é tragado e faz circular energia pelas veias. As primeiras palavras do dia:

— I agora?

— Esperar, Cosme. Esperar que alguém tire a gente daqui.

— O pessoar do jornal não ajuda nois?

— Ajuda, mas como eles vão achar a gente?

As horas avançam. Só os candeeiros a querosene da rua jogam alguma luz através das altas grades. Passos cada vez mais frequentes, algumas vozes estacionadas do lado de fora. Cá Te Espero, maior e mais robusto, se faz de escada para Cosme.

— Edgard?

— Lagartixa. Edgard sumiu. E o Juarez também.

— Ajuda nois, Lagartixa. Vai na *Gazeta da Tarde* e fala qui nois tá aqui.

— Tá bom. Amanhã pela manhã eu vou lá. Chegou meganha aqui.

— Fala pra Merenciana qui eu tô aqui, faz favor, Lagartixa.

Nem bem Cosme desce de suas costas, Cá Te Espero desaba no chão, gemendo de dor. Em outras circunstâncias seria fácil suportar aquele peso, mas, com tantas lesões pelo corpo, o esforço torna-se insuportável. A tosse se intensifica, um pouco de sangue molha as costas de sua mão. Vê, nada fala. Mas escuta.

— Cá Te Espero, Lagartixa dissi qui Edigá e Juarez sumiru. Elis não são de fugí. Devi di tê acontecido alguma coisa. Ouvi um dos guarda falá qui acharam o corpo de um branco no Morro de Santantonho. Dissi qui num sabia quem era, mas eli tava di chapéu di aba pra frente i camisa vermeia toda suja, barriga furada em cima di uma poça di sangue.

— Não estou entendendo, Cosme. Você ouviu assim mesmo? Chapéu de aba pra frente e camisa vermelha? É como os antigos nagoas se vestiam, mas o Edgard não estava com essa roupa.

— E eli não é branco, mais o Juarez é... Edgard sumido, nagoa morto... Cá Te Espero, Edigá matô Juarez i fugiu.

— É isso mesmo, Cosme. Mas por quê?

— Traição, só podi. A polícia pareceu cercando nois. O Juarez saiu da prisão sem motivo. Na primeira pegada qui eli tá junto, a polícia pega nois. O Juarez foi solto pra virá secreta contra nois. O Edgard descobriu depois do cerco, encontrô eli i matou. I depois fugiu.

— É isso mesmo, Cosme, bem pensado.

— Ara, eu tomém penso, Cá Te Espero. — Cosme abre o sorriso de piano.
— Também.
— Também. Eu também penso. I tô cansado.
— Eu *tomém*. — Os dois tentam rir, mas as dores não permitem e em pouco tempo silenciam, só as corujas e a tosse de Cá Te Espero quebrando o silêncio.

A troca de plantão, como sempre, é lenta e atribulada. Cumprimentos, passagem de serviço e anotações do dia anterior no livro de plantão se desenrolam vagarosamente. Policiais vão chegando aos poucos, enquanto os do dia anterior estão ansiosos, prontos para partir. Tudo acomodado, o inspetor do primeiro turno, olhos no jornal, escuta sem ouvir a primeira pessoa do dia. De repente, a curiosidade aguçada pela visão periférica de um corpo feminino e jovem, pergunta o que ela deseja.

Merenciana, pela terceira vez, contendo o nervosismo, repete sua história. Animada pela súbita atenção, vai para a sala indicada. Não demora muito, Alceu entra e repete a pergunta, agora com a mão em seu braço. Enquanto escuta, sua mão se movimenta, e o que era um gesto casual se transforma em carícia. O nervosismo, que não chegara a abandonar Merenciana, aumenta ainda mais quando aquela mão leve passa para sua cintura. Ela se atrapalha com as palavras e, prevenida de que talvez não conseguisse falar com Cosme, pede ao policial que entregue um bilhete e sai da delegacia esbarrando em dois homens que vinham entrando.

— Senhor inspetor, bom dia. Nós somos da *Gazeta da Tarde* e gostaríamos de saber se foram detidos dois homens anteontem.
— Jornal também? É mulher, jornal... Esses capoeiras têm um monte de defensor. Mal começou o dia e já vi que vai ser de muita aporrinhação. O que vocês querem?
— Saber por que eles foram detidos.
— Assassinato.
— Assassinato de quem?

— Briga de maltas. Teve um capoeira da malta de Santa Rita que morreu esfaqueado. Esses presos são rivais do Campo de Santana. São os principais suspeitos.

— Foi uma briga generalizada, inspetor. Tinha mais de trinta envolvidos, não é mesmo? Como a polícia pode saber que foram eles e não outros que mataram o rival?

— Vocês estão bem-informados, hein? Se a polícia tivesse os mesmos informantes que vocês, estaria bem melhor.

— Nós podemos falar com eles?

— Não, o delegado não deixou.

— Então essa história vai sair ainda hoje, no vespertino, inspetor. Avise ao delegado.

Dentro da cela, a monotonia, crua, só muda ao se intensificar a umidade, o calor e os gemidos cada vez mais fortes de um Cá Té Espero cada vez mais fraco. O sangue, agora cuspido, torna-se indisfarçável. Cosme se assusta, vê seu companheiro de malta e cela definhar rapidamente e, mesmo assim, não deixar de falar: "Aquela coronhada me estourou por dentro, a gente não pode abaixar a cabeça pra meganha nem pra republicano, Cosme, vamos defender a Princesa Isabel, Cosme, Senhora da Cadeira, lembra, Cosme, nosso grito do Campo de Santana, Cosme, aquela coronhada na costela, policial filho da puta, Cosme, não deixa ninguém te humilhar, tenha brio, Cosme, levante a cabeça e olhe no olho, Cosme, você é livre, pobre e preto, mas livre, Cosme, eu vou morrer, mas não teve rabo de arraia que me deu tombo de fumaça, Cosme, nunca arriei da capoeira nem cambei de lado, tive minha honra, trastejei, tunguei, gampei muito meganha na unha, Cosme, tive minha honra, tanta pegada contra o pessoal da São José, acuamos muita malta na areia da Glória, o sangue tá aumentando, Cosme, por quê você está de olho arregalado?, minha honra, tive minha honra, e aquela pantana que você ia me dando nos peitos, ali eu vi que você tava pronto, Cosme, você é muito dedicado, aprende rápido, tem coração bom, vai fazer dupla boa com Edgard na cabeça do Campo de Santana, Cosme, isso se o Edgard aparecer, e, se não aparecer, vai ser você mesmo, não consigo mais puxar ar, tá doendo muito, Cosme, vê se aprende a falar direito e promete que você vai dizer pra minha mãe que eu morri que nem homem, promete? Promete!".

À noite, Lagartixa está de volta. Cosme consegue falar-lhe sobre a morte de Cá Te Espero e que seu corpo ainda está inerte ao seu lado. A informação é repassada para Linhares na mesma noite.

— Eu prometo, senhor delegado, se esse pobre diabo não for solto até amanhã, nós vamos publicar que um homem morreu sem cuidados dentro de sua delegacia, vítima de espancamento, debaixo de suas costeletas. Qual crime que ele cometeu? Briga de rua? Rixa? Pense nas consequências políticas, senhor delegado. O Imperador não ia gostar nada de saber pelos jornais que um recém-liberto da escravidão morreu numa cela de delegacia da capital. Pense bem.

— Até amanhã eu lhe dou uma resposta, senhor Linhares. — Delegado Julio, no intervalo de cinco minutos, repõe no bolso pela terceira vez o relógio. Se lhe fosse perguntado, não saberia responder que horas eram.

— Linhares, esse é o melhor caminho? Deixar de publicar a morte do Cá Te Espero em troca da liberdade de um novato que nem mesmo sabemos o nome direito? — Camilo desvia de um carreto de verduras, enquanto tenta alcançar seu companheiro de redação que já tem um pé na escada do sobrado da *Gazeta da Tarde*.

— Se ele soltar o rapaz, nós passamos a informação da morte do Cá Te Espero pro Caldeira, do *Cidade do Rio*. Não vai ficar ignorado, Moreira. Se não soltar, nós cumprimos a ameaça.

Nem bilhete nem ameaça, nada chega para Cosme. A cela fica ainda mais vazia, o corpo de Cá Te Espero removido logo assim que escurece, sabe-se lá para onde. Nenhuma palavra dos inspetores, apenas lençóis e cordas faziam algum barulho enquanto embrulhavam o corpo, Cosme no canto da cela sem coragem para perguntar qualquer coisa. Não sabe quanto tempo o torpor toma conta de si, adormece de olhos abertos mesmo, talvez por obra de Pai Chico, zeloso, à distância, penetrando em seus ouvidos, dando os rumos de sua vida, "Amanhã suncê vai pegá Merenciana i percurá seu Chiquim, siscondê. Vai ajudá eli nos trabaio di roça i inquici. Aqui muito perigo, suncê cai emboscada". Cosme balança a cabeça, varia a noite toda e acorda sentindo a ponta da botina do policial do dia em suas costelas.

— Anda, seu capoeira de merda. O delegado mandou te soltar. Vai embora! Rápido! E, se alguém perguntar, você ficou preso o tempo todo sozinho. Entendeu?

Cosme vai pelas ruas do Centro, rápido e trôpego, como um bêbado, ou melhor, um sonâmbulo. Os passos parecem atender a algum comando, e Cosme não se dá conta. Refaz no sentido contrário o trajeto do dia do confronto, chegando no Rocio. Já na vila, cumprimenta de passagem vó Joaquina. Mal chega a entrar no cômodo onde Merenciana está sentada na esteira, ainda com ar de sono. Nem se refaz da surpresa e já está juntando os pertences com Cosme, colocando tudo no embornal, panelas e tabuleiros na carroça, esquecendo os tamancos na porta da retreta.

— Pra onde que nós vai, Cosme?

— Lá pro morro atrais do Estácio.

— E tem nome esse morro?

— Não sei, mas é ondi eu pego água. Nois vai pra casa do seu Chiquim.

— Eu nem sabia o nome dele.

— Pai Chico qui me falô.

— Como que Pai Chico falou pra você, Cosme?

Só nesse momento que Cosme parece sair do transe. Ele se dá conta de que nada do que faz é consciente. Tenta organizar os pensamentos, saber por que está andando naquela direção, busca o momento em que Pai Chico fala com ele, mas não encontra. Como e quando foi? "Ara, não sei, só sei que foi. Mas é certo." Lá no morro ninguém conhece Merenciana nem Cosme, só seu Chiquim, que nem Merenciana conhece. Aqui no centro já tinha sido visto com Cá Te Espero e os outros para cima e para baixo, e os meganhas já o conheciam de vista e de nome. Não só os meganhas, mas também a malta rival, ainda mais depois da batalha fresca na memória e o desejo de vingança. Cruzar com qualquer um deles seria sangue na certa. Ainda mais agora, cooptados pela polícia. Estácio, capoeira chegando.

— Olha quem vem lá, o ladrão de abóbora. Ih! Ih! E quem é a moça formosa?

— Merenciana, seu Chiquim. Minha muié.

— Tem que falar que é sua esposa, Cosme.

— Mais nois num é casado.

— Mas fala assim mesmo. Dá mais respeito.

— Tá bom. Minha isposa.

— Angorô tá feliz que sunceis chegaram. Olha ele aí. — Seu Chiquim aponta para o alto, o arco colorido está firme no céu, as cores mais presentes.

— Arroboboi, Osumarê! — Merenciana levanta os braços em saudação.

— Hongolo lê! Chegando com o arco colorido, fia, suncê tem futuro bom aqui. Eu vejo. Muita coisa nova, mais suncê mais Cosme tem que lutar muito. Não vai ser fácil. E quem mais chegar. Tome! — Seu Chiquim prende uma flor de girassol nos cabelos de Merenciana e lhe dá algumas sementes da mesma flor.

— A dupé. Obrigado, seu Chiquim. Osumarê gosta de flor amarela. — Merenciana faz uma reverência ao anfitrião. — A flor só sai dos meus cabelos quando murchar e cair. A semente vou enfeitar o ebó pra Osumarê.

— Angorô vai gostar.

— Ara! Nem percisa de apresentá. Parece que se conheci.

— Calma, Cosme, não vou roubar ela não. Ele é sempre assim, Merenciana?

— Só quando está acordado, seu Chiquim. Seu Chiquim, por que que a sua casa fica aqui em cima? Lá embaixo tem lugar pra fazer uma casa.

— Fia, aqui eu posso chamar os inquice todo sem reclamação. Ninguém ouve, a polícia não vem aqui. Quem vem é porque quer ver, falar com os espíritos, pegar erva pras doenças.

— Seu Chiquim, nós pode ficar por aqui?

— Com o véio cumba? Suncê sabe tocar tambu, Cosme?

— Ô, se sei.

Sob o mesmo arco-íris a alguns quilômetros dali, Linhares bebe um gole de café na confeitaria embaixo da *Gazeta da Tarde*. Caldeira, um olho no movimento da rua do Ouvidor e outro nos gestos contidos de seu interlocutor. Separados nas redações, comungam dos mesmos ideais abolicionistas do fim do século.

— Tem certeza, Linhares, que tinha dois presos lá naquela cela?

— Tenho. A prova é que Cosme, o sobrevivente, não está mais lá. Foi solto, depois que eu ameacei o delegado de publicar na *Gazeta*.

— E por que você mesmo não publica?

— Porque eu me empenhei com ele. Se eu publicar, eu me complico. Mas você pode, Caldeira. É de outro jornal, ele vai achar que a sua fonte é outra.

— Não sei. Se for para publicar, tem que ser agora. Daqui a três dias já é Carnaval, ninguém mais trabalha, nem nas redações e ninguém vai prestar atenção nos jornais durante uns dez dias. E, se deixar passar, o corpo já esfriou.

— Então é pra ontem, Caldeira. Talvez assim a gente consiga desmoralizar o recrutamento da polícia. Eles pegaram à força tanto gente da malta da Santa Rita quanto de Santana. Quem não se filiasse, seria preso. A nossa Guarda Negra acabou enfraquecida. E justamente aqueles que não aceitaram foram presos. E o Cá Te Espero acabou morrendo. Já o Cosme, sumiu. Ninguém sabe onde ele está. Nem mesmo o meu informante, Caldeira. O chefe de polícia em pessoa comandou a emboscada naquela noite. Esse é um prato cheio para atrapalhar a digestão de qualquer Rei Momo. Vamos dar um basta na violência da polícia. Até o Imperador vai pressionar, Caldeira.

— Mas eles também não são isabelitas, a favor do Império? É tudo muito confuso.

— São, mas quem tem brio não quer trabalhar para quem sempre bateu neles. Por isso o Cá Te Espero morreu e o Cosme sumiu.

Caldeira hesita, mas por pouco tempo:

— Sai amanhã, Linhares. Eu faço questão de te dar o primeiro exemplar. — E sai sem terminar o café, deixando a conta para o colega de profissão.

Cosme, curvado, remove com uma enxada a mistura de terra e água à sua frente, tentando achar o ponto da massa que vai preencher a armação de taquara nos fundos do terreno. O terreiro para os inquices sendo renovado. Percebe a chegada de alguém, mas não deixa de se assustar ao se virar.

— Você me conhece?

— Ara, Merenciana, onde você achou isso?

— A Luzia lavadeira que me deu. Gostou?

— Não. Tira isso da cabeça.

— Não. É pra sair no Carnaval, Cosme. Não gostou?

— Carnaval? Ara, eu tenho muito serviço aqui pra pensar em Carnaval.

— Ih! Então, você vai ficar sozinho, Cosme. O Carnaval começa amanhã, e ninguém mais trabalha hoje. Voltei com o tabuleiro cheio, o pessoal só pensa na folia. Todo mundo em casa cuidando das roupas, das máscaras, das bexigas, dos limões de cheiro.

— E você também, Merenciana. Tira isso da cabeça. Anda! — Cosme se angustia ao conversar com Merenciana de voz alterada e sem ver seu rosto.

Merenciana retira a máscara num gesto brusco e sai pisando duro para dentro da casa de seu Chiquim. Cosme hesita, mas vai atrás de Merenciana. Sentada no catre, olhar fixo em qualquer lugar onde não estivesse Cosme.

— Ara, tem duas máscara.

— Uma era pra você. Mas você só quer saber de trabalhar. — Merenciana, braços cruzados, sem olhar para Cosme, não percebe que ele havia vestido a outra máscara. Solta uma exclamação, meio riso, meio xingamento.

— Você me conhece?

— Um palhaço que não sabe brincar. — E atira em sua direção o que tem nas mãos. Sorte de Cosme ser a outra máscara.

As primeiras noites são de entrudo. Populares, e outros nem tão populares assim, se misturam na folia das ruas. Águas de cheiro perfumando quem passasse perto, desaforos sendo tomados a limpo no meio da folia, diabinhos espetando quem estivesse ao alcance de seus tridentes, tudo e todos eram motivos de divertimento. Merenciana, encorajada pelo anonimato da máscara, aproxima-se de uma família, casal e três filhas, fazendo a clássica pergunta diretamente ao único homem:

— Você me conhece?

Desconcertado e mudo, o homem ouve a resposta que não tarda:

— Eu sou aquela freguesa que você tentou agarrar na sua loja, lembra, turco? Você apertou meus peitos, tentou agarrar a minha cintura, rasgou a minha saia, mas eu consegui sair correndo. — Com um rápido olhar, Merenciana se certifica de que Cosme está longe e de que a mulher está ouvindo. Hesita um pouco pelas crianças, mas continua: — Então, sou eu. Não vai me apresentar para a sua família?

— Ora, que absurdo! Eu nunca te vi na vida, sua rameira. Saia daqui. — Vermelho e suado, o turco tenta se explicar com a mulher. — Ela queria que eu vendesse fiado, eu disse que não, e saiu me xingando, dizendo que iria se vingar. É isso! Só mentiras...

— E como sabes se ela está mascarada, senhor Tufic?

Merenciana, objetivo alcançado, sai e se encontra com Cosme:

— Onde você estava, Merenciana?

— Ah! Conversando um pouco com aquela família simpática ali.

— Conversando? Mas eles parece que estão brigando, Merenciana.

— É que ele quer ir embora pra casa, e as meninas quer ficar. Vamos andar um pouco, Cosme.

— Estou com medo de algum meganha me ver, Merenciana.

— Ara, é só você não tirar a máscara, Cosme.

Merenciana caminha aleatoriamente com um sorriso que do nada se transforma em riso. Puxa o chifre do diabinho, estoura um limão de cheiro num desavisado que passa, segue o ritmo do tambor de Cosme, rosto pintado de branco. Misto de alegria carnavalesca e vingança perpetrada. Sempre em frente. Não se importa com o aperto na rua do Ouvidor, mas se sente aliviada quando chega à Uruguaiana, mais larga e arejada. Só agora ela descobre que as sociedades carnavalescas de que Luzia lhe falara só vão desfilar na segunda-feira, com suas mulheres luxuosas em cima das alegorias das grandes estrelas do Carnaval: Fenianos, Tenentes do Diabo e Democráticos. Mas pouco importa, naquela diversidade de pessoas e fantasias, não faltava o que olhar e estranhar. Merenciana pergunta para uma cabeça de burro com livros embaixo do braço:

— Que fantasia é essa, moço?

— São os nossos doutores, moça.

Para um fantasiado de bebê:

— Por que chora?

— Acabou a parati. Buá! — responde entre soluços e tropeços.

— E você, por que essa capa e penacho?

— Não reconheces o príncipe que irá te salvar?

Foi o suficiente para que Cosme partisse para cima. O empurra-empurra da multidão, porém, foi o bastante para separar os foliões, tambor para um lado, príncipe para o outro. Logo vem surgindo, anunciada de longe por muitos tambores, a marcha de inúmeros foliões, massa compacta, negra, a conduzir um casal de reis no centro da formação.

— *Mala quilombé, ô quilombá*
Oh Mameto ué

É mamaô, é mamaô
Ganga rumbá sinderé iacô.

No meio da roda e à frente dos reis, um homem de gestos expansivos, cobra-coral no pescoço, apresenta uma criança à assistência e aos reis, apontando o céu e a terra alternadamente.

— Viva São Benedito!
— Viva!
— Viva Virgem Maria!
— Viva!

E os xequerês, agogôs e chocalhos, ininterruptos, vão ditando o ritmo daquele teatro-dança, sincronizados com as falas em banto do feiticeiro, arrastando uma procissão atrás de si. Quando Merenciana se dá conta, Cosme já está entre os músicos, alternando os toques do tambor.

— Cosme, assim os meganha vão te ver. — Cosme faz que não ouve e continua ao lado do tocador de agogô, agora sem máscara.

E o cortejo vai se detendo em frente às sedes dos jornais da rua do Ouvidor. Em cada um deles, esmeram-se em suas coreografias. Dos sobrados, os jornalistas, a essa altura muito mais foliões do que jornalistas, vão antecipando os textos que irão para as colunas depois da Quarta-Feira de Cinzas:

— E pensar que as sociedades carnavalescas só vão desfilar na segunda e na terça-feira. Não vejo a hora. Ao menos, a memória que ficará é a mais recente, e esse espetáculo primitivo será esquecido. Ainda bem!

— Só se for para os leitores do nosso jornal. Olha a multidão que vem atrás do cucumbi. São centenas.

— Uma grande algazarra, isso sim. Sem organização nem lógica. Aproveitam-se do nosso Carnaval para aparecerem. Onde estão as alegorias, as fantasias luxuosas, as belas mulheres?

— Alegorias e fantasias luxuosas eu não estou vendo, mas belas mulheres... — E o folião-jornalista aponta Merenciana no meio da multidão.

— Para você, que gosta de crioulas. Com elas, só em caso de extrema necessidade — fala com desprezo, mas demorando o olhar na cintura da baiana.

— Ora pois, um português a desprezar uma crioula! Tempos modernos. Acho que temos um caso mal resolvido por aqui.

— Ora, era o que me faltava!

Merenciana tinha razão, Cosme fora reconhecido. Por sorte, não foi por nenhum policial ou guaiamum:

— Cosme! — Lagartixa se esgueira entre a multidão, procurando não o perder de vista, que já havia recolocado a máscara e se movimentava agachado entre os foliões. — Sou eu, Lagartixa!

— Lagartixa? Aqui tá pirigoso pra você. — Cosme para e o encara, certificando-se.

— É. Pra você também. Vem.

Eles caminham alguns passos até a rua do Ourives, o suficiente para desaparecer qualquer vestígio da folia. Longe da algazarra dos cucumbis, ainda assim falam ao pé do ouvido, cada par de olhos voltado para um canto da rua:

— Cosme, eu vou te esperar no Cabeça de Porco depois da folia, na quinta-feira de noite.

— Onde, Lagartixa?

— Na entrada, embaixo da cabeça do porco.

— Você mora lá, é? Lá tem muita gente, não é perigoso?

— O melhor lugar pra se esconder é no meio da multidão, Cosme. A gente se vê na quinta-feira.

— Tá bom.

De volta à folia, Cosme encontra Merenciana, que, ligeira como cobra, tenta afastar a mão do mesmo príncipe com quem se desentendera momentos antes. Sem aviso nem alarde, a ponta da baqueta de Cosme vai direto nas costelas do príncipe, que, dois passos atrás, não demora em responder com um corte de espada no antebraço de Cosme. A fantasia de príncipe era mais real do que parecia. Merenciana, ao ver o sangue escorrendo, dá um grito e puxa Cosme da briga.

— Vamos embora, Cosme. Se a polícia chegar, você não sai nunca mais da cadeia.

Já em casa, surpreendem-se com seu Chiquim ainda acordado.

— Ora veja, além de ladrão de abóbora, pega os instrumento do santo sem falar. Pediu licença pros inquice, Cosme?

— Não, seu Chiquim.

— E você não sabe que instrumento de batuque não é pra folia? E, mesmo assim, tem que pedir. Não pode pegar sem falar. — Cosme abaixa a cabeça, enquanto Merenciana aplica um emplastro de folhas de figo em cima da ferida.

— Ara, que esse tal de Carnaval dá é muita confusão! Ai, Merenciana! Tá quente!

— Tá reclamando, Cosme? Por sua causa vamos ter que passar o Carnaval todo escondido aqui em cima. E com esse braço nem trabalhar você não vai poder.

E assim foi. Tendo passado o Carnaval entre os semblantes fechados de seu Chiquim e Merenciana, Cosme nem espera a quinta-feira escurecer para marchar em direção ao pé do morro da Providência, na entrada do Cabeça de Porco. Lagartixa o puxa pelo braço ferido antes mesmo que ele chegasse à porta, levando-o para um canto escuro:

— Eu vi meganha rondando por aqui, Cosme. Vem comigo. — Eles desaparecem no escuro, acessando o cortiço por uma entrada abandonada. Num dos cubículos do segundo andar, é surpreendido por Edgard:

— Entra espada, Cosme!

— Ara! Entra espada, Edgard! Quanto tempo, achei que você tinha sumido no mundo. — Olhos brilhando de surpresa e alegria.

— Até que eu tenho motivo, Cosme. Afinal, dei cabo de um traidor. Mas, com esses republicanos querendo derrubar o Imperador e a futura Imperatriz, resolvi ficar. Então, Cosme. Você precisa reunir os nagoas e quem mais quiser defender o Imperador. Eu não posso, sou muito conhecido. E o Lagartixa também já ficou muito tempo preso. Você só ficou alguns dias na delegacia e uma vez só.

— Mas pra quê?

— A polícia está recrutando à força os capoeiras dizendo que é pra defender o Imperador. Mas é mentira. Eles querem é acabar com nós. Agora estão dizendo que nós somos republicanos. Nós somos isabelitas, não somos?

— Somos! — Ambos exclamam, num meio sussurro.

— Mas não vamos nos misturar com essa malta de meganha. Sempre perseguiram a gente. Nós vamos combater do nosso jeito. O que foi isso no seu braço, Cosme?

— Ara, não foi nada. Briga de carnaval.

— Ih, nem tem mais aquele jeito de escravo fugido de quando chegou aqui. Viu, Lagartixa? Briga de carnaval só pode ser coisa de mulher — Edgard provoca Cosme.

— Quando eu cheguei no Rio de Janeiro, já era livre.

— Mas parecia escravo fugido, perdido na mata — Lagartixa provoca.

— Viu, Lagartixa? Briga de carnaval só pode ser coisa de mulher. — Silêncio de Cosme. — Eu sabia. Por causa de Merenciana, é? Cuida bem dela, Cosme, porque ela é muito bonita e não deve faltar homem atrás dela. Vamos falar de coisa séria. Nós precisamos fazer um rolo naquele jornal de republicano. Qual o nome dele mesmo?

— *O Mequetrefe*. Desenharam o Imperador dormindo na primeira página. Falta de respeito e de patriotismo. Uns conspiradores.

— Vamos quebrar aquele jornalzinho mequetrefe.

— Cada um reúne o seu pessoal e depois de amanhã aqui de novo, nessa mesma hora e a gente marcha até aquele jornalzinho e quebra tudo.

— Isso. Cadeira de Santana!

— Cadeira de Santana! — A cautela é posta de lado.

— "'Não somos republicanos... mas também não somos monarquistas. Em princípios políticos, que se prendam a formas de governo, assim como em questões de nacionalidade, nem queremos ser vistos, nem cheirados.' Assim nos definíamos quando de nossa fundação, há treze anos. Sátira independente, charge ferina, sempre fomos baluarte jornalístico que não se prendia a amarras ideológicas. Mas os tempos são outros, a carruagem já passou e o trem vem apitando na curva. Precisamos de progresso, e o Império continua atrelado aos carros de bois, atolados no lamaceiro da história. Não toleraremos mais ataques à nossa sede ou perseguição aos nossos jornalistas. *O Mequetrefe* filia-se ao movimento republicano sem pejo nem titubeio. Concebido para debochar de tudo e de todos, sem vinculação partidária ou política, nunca perdoou qualquer deslize político ou social, intrometendo-se onde quer que fosse, qualquer que fosse o assunto ou personagem, justificando seu nome de fundação. E não será agora que nos deteremos. Esperamos que a polícia faça seu trabalho e prenda esses biltres que empastelaram nossa redação e feriram toda a imprensa. Muito agradecemos à *Revista Ilustrada*, verdadeiros parceiros da liberdade, da ordem e do progresso, pelo apoio para que nossa edição pudesse sair hoje, menos de três dias depois do ataque insidioso. A barbárie não deterá a História."[3]

É Cosme quem lê, sem interrupções, à luz de lamparina, a notícia da quebradeira no jornal. Sentado num tronco, tem uma plateia atenta ao texto d'*O Mequetrefe*, largo do Estácio à sua frente. Dali, dá para perceber aos poucos os parcos lampiões sendo acesos nas ruas abaixo. Conde D'Eu, passando pela casa de detenção, até a Estácio de Sá, a Igreja do Divino Espírito Santo, com sua cruz invisível sem a lua cheia, mesmo com luz artificial. Na curva à esquerda, rua Haddock Lobo, caminho para a Tijuca e suas chácaras.

— Então é isso, capoeiras. Não falaram nosso nome, nem nagoa nem Santana. Mas somos nós. Demos um passo de constrangimento neles. E cada vez falam mais do Imperador. Não vamos cambar nem arrear.

---

3 MACHADO LOPES, Aristeu Elisandro. "O dia de amanhã": a República nas páginas do periódico ilustrado *O Mequetrefe*, 1875-1889. Rio de Janeiro, 2011. Disponível em: https://www.scielo.br/j/his/a/zkmbtDmGZfx6QkNYnrqwSxG/. Acessado em: 22 fev. 2024.

— O que é biltre? — É Zezinho quem pergunta, pouco mais que uma criança, mas já forte, recém-chegado ao grupo.

— O jornal chamou nós de bandido, carrapeta. Falou que a polícia tem que pegar nós. Mas o guarda civil que apareceu lá eu fiz engolir o apito. Amanhã ele vai cagar assoviando. Se é tudo assim, tá bom. — Lagartixa faz um gesto de pouco caso com a polícia.

— Mas nós gampeamos os dois. Dei braceada, chifrada e uma baiana na barriga dele e deixei no chão — fala Zezinho, exaltado.

— Calma, carrapeta. Você ainda tem que aprender muita coisa. Está de olho roxo porque não sabe bater e sair. Nem sardinha você tem!

— Tenho não, é? — E mostra a ponta do canivete com cabo de madeira dentro da calça.

— Lagartixa, você parecia mais barata que lagartixa. — Uma fala rápida de uma voz que não se identificou.

— Ara, quem falou? Foi você, Liduíno? Onde você tava na hora do rolo que eu não te vi?

— Jogando mesa e cadeira na sua cabeça lá de cima.

— Ah, então era você?

— Parem de conversa, capoeiras, que aqueles dois guardas eram piaba. E vamos continuar defendendo o Imperador! Senhora da Cadeira! — Edgard chama os capoeiras de volta ao tema.

— Senhora da Cadeira!

— E tem outra coisa, olha só o que está no *Cidade do Rio*: "Pedro dos Santos, 35 anos, único encarcerado pela polícia no dia da detenção de dezenas de capoeiras na rua São José, desapareceu. Na ocasião, o próprio Chefe de Polícia comandou as ações. O que aconteceu com Pedro dos Santos, senhor Chefe de Polícia? Será que teremos que indagar ao Imperador sobre o seu destino?".

As intervenções mal esperam o fim da leitura da notícia:

— De que adianta? Ninguém lê esse jornal!

— Se fosse publicado pela *Gazeta da Tarde* daria o que falar. Mas o *Cidade do Rio*?

— Sim, capoeiras, é verdade. É um jornal que quase ninguém compra. Mas pensem: a morte de nosso amigo foi publicada.

— Nem falaram no seu nome, Cosme.

— Ainda bem. Quanto menos conhecido melhor. Mas o nosso amigo Cá Te Espero... — O silêncio de Cosme se impõe sobre todos por alguns instantes. Mas logo o grito de guerra se eleva.

— Senhora da Cadeira! — Lagartixa puxa.

— Senhora da Cadeira! — Todos os outros seguem.

Dali de cima do morro, os gritos eram incontidos e os de Merenciana tinham vários motivos: as fugas desde a Bahia, a liberdade, a nova escravização em Vassouras, o estupro, a liberdade de novo, trabalhar duro, sustentar-se, mesmo no pouco. E um motivo a mais: o orgulho de ver Cosme crescer, firmar-se entre os capoeiras. O jovem assustado, mas corajoso, que a conduziu até a estação de trem e partiu rumo ao desconhecido, sem certezas, dinheiro ou guarida, agora estava ali, na sua frente, energia e pureza a encantá-la. Ele apanhou, iniciou-se com os capoeiras, bateu. Analfabeto, aprendeu rápido. Agora lê jornal, com todos os esses e erres. Ainda mais, o pai de seu filho, de quem ele também há de se orgulhar no futuro. É chegada a hora de saber.

Também os gritos de Cosme eram complexos: orgulho, extravasamento, raiva, alegria. Pelo capataz que ele matou, pelo amigo Cá Te Espero que ele viu morrer. Pelas humilhações da escravidão, pelas humilhações da liberdade. Pelo cativeiro, pela prisão. Mas, sobretudo, pela resistência. Por estar vivo, senhor de seu destino, mesmo entre tantas limitações e ameaças. E o orgulho maior: ser o escolhido de Merenciana, uma mulher corajosa, forte e linda, e que o tinha elegido.

Nem a presença da casa de detenção, visível, mas distante, intimidava aquelas vozes. E os atabaques começavam os trabalhos.

— Merenciana, minha fia, pega minhas escama de peixe lá dentro.

— O brajá, seu Chiquim?

— Sim, o brajá. E o ebiri também.

Seu Chiquim, contas verdes e amarelas sobre o peito, ouve a introdução de Cosme no atabaque maior. Varetas no ritmo do bravum, Lagartixa no atabaque menor e os couros de cabra já gastos fazem ressoar firmemente pelo terreiro o chamado de Oxumarê, que não tarda. Os braços cruzam-se à frente do cor--po, subindo e descendo, continuamente. Levados pela direção antecipada pela cabeça, esquerda, direita, esquerda, direita, todo o corpo acompanha, serpenteando o chão e o ar. O tronco ondula, espasmódico, sem que os movimentos de pernas e braços cessem. Aquele corpo negro, já gasto pelo tempo, ganha em leveza e agilidade. Suor e contas verdes e amarelas reluzindo à luz das tochas, cobra noturna, esguia e fugidia. O corpo para, mas o transe não cessa. Oxumarê é direto:

— Caminhos aberto, moça. Seus erê já chega, muita energia e saúde. Faz pesenti pra Osumarê ficá feliz. Que é de seu homi? Bom. Moço bate tambu bem. Faz bravum no rum. Osumarê gosta.

— O candongueiro?

— Rum. Candongueiro. O mesmo qui suncê faiz. Erê vem bonito e fóte. — Seu Chiquim-Oxumarê vai em direção aos outros, distribuindo recados e receitas.

— Merenciana, Oxumarê falou que você vai ter ibeji. É isso?

— Sim, vou ter dois de uma vez, Cosme. Pensei que era um só. Mas, se Osumarê diz que é ibeji, é ibeji — Merenciana fala, feliz e assustada.

— Eu estou feliz duas vezes, Merenciana. Ibeji que nem eu mais meu irmão. Mas eu não sei mais dele.

— Nós escreve de novo e chama ele para cá. Cosme, tem que fazer ebó pros ibeji nascer bem. Você ouviu, não ouviu?

— Ouvi, Merenciana. Ebó antes e depois de nascer.

— Tem que fazer adimu.

— Adimu?

— Batata-doce, dendê e feijão. Faz comida em desenho de cobra e oferece pra Osumarê.

— Tá bom.

— E muita flor de cor, que nem arco do céu.

— Tá bom. Adimu com flor de toda cor.

— Tem que ser na cachoeira.

— Tá bom, Merenciana. Cachoeira? Onde que tem cachoeira aqui?

— Não sei, Cosme. Procura, ara!

— Tá bom.

— Tem que colocar depois da queda. Não pode ser no lugar da queda.

— Tá bom.

— Não pode ser na terra.

— Tá bom, tá bom, tá bom.

— Ah! E Osumarê não gosta de esperar.

E não esperou. Mas custou muitos quilômetros para Cosme encontrar a cachoeira que lhe indicaram no alto da Tijuca. Por receio de Oxumarê não gostar da demora, resolveu pegar o bonde. "Companhia de Carris Urbanos" era o que dizia no bilhete que lhe entregaram. "Pro banco de trás" era o que lhe diziam os olhares dos senhores e senhoras bem-vestidos. Cosme e seu embornal, cheio de adimu e flores. A parelha de burros ia a passos lentos, todo peso a preencher os trilhos da companhia. No Largo da Fábrica de Chitas, o sobe e desce confundiu Cosme. Mas resolveu ficar sentado, já que ali era baixo, e a cachoeira só podia ficar num lugar mais alto. E seguiu até o momento em que o bonde parou de vez.

— Moço, que casa é essa? Usina? — Cosme indaga um homem negro que veio ao seu lado, enquanto acaricia o focinho de um dos animais.

— É a usina de força pros bondes, não é casa. Esse bonde não vai ter mais burro pra puxar não. Vai ser tudo elétrico. Prometeram pro ano que vem.

— Elétrico?

— É. Elétrico. Não sabe o que é não? É o progresso, é o progresso.

— E da onde ela tira a força?

— Da água, ora.
— Da água?
— Da água. É o progresso, é o progresso!
— Oxum não vai gostar não. Tira a força da água.

Sem entender, Cosme partiu seguindo o riacho morro acima até encontrar uma cachoeira. "Ara que eu conheço essa árvore. Tá morto, mas é pé de café. Até aqui tem café." Tem café, tem oferenda e, sem saber como, também tinha um arco-íris sobre sua cabeça. "Mas num choveu!"

Presentes depositados, nem perto nem longe da queda, adimu caprichado, Cosme parte olhando para a cachoeira, embornal vazio embaixo do braço.

E as visitas à cachoeira tornaram-se um ritual semanal. O desejo de que seus filhos viessem ao mundo com saúde e proteção moviam Cosme Tijuca acima, até mesmo a pé, quando os vinténs do bonde faltavam. O que acabou por atrasá-lo para a festa do Divino Espírito Santo.

— Que bom que chegaste, Cosme. Esse gatuninho está me deixando sem vintém. Tu terias algum para me emprestar?

Ajoelhado em frente a um caixote, três cartas viradas para baixo, Zezinho vai ludibriando os apostadores que não acreditam que aquelas mãozinhas possam ser mais rápidas que seus olhos. E vão apostando, vintém após vintém, sem ver a carta vermelha ser virada de primeira. Mas ela estava lá, do lado da preta que tinha recebido a aposta.

— Ara, Vasco, você quer perder de novo? Não aprendeu não? O miúdo é mais esperto que você.

— Ora, pois, estais a falar como os açorianos, pois não? O miúdo, veja só.

— É, o menino... Ai!

O grito de dor foi da farpa do caixote que, pisado, se soltou e penetrou sua perna. Mas foi só o início. Vinténs corriam pelo chão, as cartas numa das mãos do policial, Zezinho na outra, e os capoeiras, não se sabia saídos de onde, já formavam uma roda em torno dos guardas civis.

— Larga ele! Larga ele!

Para cada pedido não atendido, uma cabeçada; para cada torção no braço do carrapeta Zezinho, joelho dobrado nas costelas de um guarda civil. Armados àquela altura de inúteis cassetetes, os até então temidos petrópolis, os guardas vão levando rabos de arraia, baianas, cabeçadas, rasteiras, braceadas e patanas, golpes que acabam por afrouxar a resistência, do que Zezinho se aproveita para escapar, não sem antes acertar uma navalhada num dos guardas.

Tivesse Cosme chegado trinta minutos antes, teria sido testemunha de uma festa bem diferente daquelas da fazenda. O mastro, que servira como ponto de referência durante toda a festa do Divino, ainda mantinha em seu ponto mais alto a pomba do Espírito Santo, dada a inabilidade dos que tentavam escalar e não conseguiam o agora pau de sebo. Sorte do Joaquim Guimarães, vendeiro e patrocinador da pomba no alto do mastro, que não precisaria pagar a prenda para ninguém.

Também não foi testemunha da distribuição de comida pelo próprio padre da paróquia à infindável fila que saía do átrio da igreja do Divino Espírito Santo e ia rua Haddock Lobo afora. Bastou a correria começar para o padre fechar a pesada porta de madeira e dispersar os pedintes, negros, mestiços ou brancos.

Muito menos pôde conhecer a brincadeira da bagatela. Uma prenda para quem conseguisse encaixar a bolinha na casa da pombinha. Mas, até lá, tinha que percorrer um plano inclinado com inúmeros pregos-obstáculos que a jogavam, ora para a casinha da cruz, ora para a casinha da igreja, ora para a casinha do ostensório.

Também não saberia quem deu o maior lance pela leitoa doada pelo Aviário Açoriano e para quem muitos esticavam os olhares: sr. Palhares, imaginando-a numa grande travessa no próximo domingo, rodeada por batatas coradas; Felismino, numa oferenda para Oxóssi, axoxó e feijão-fradinho acompanhando.

Não veria homens e mulheres evitando à distância aquele homem de emblema vermelho sobre o peito, a arrecadar donativos para a igreja. Também não veria a sacolinha murcha e leve.

Mas, principalmente, se tivesse chegado um pouco mais cedo, teria preferido tomar parte no grupo da folia, juntando-se ao pandeiro, reco-reco, prato e garfo, ferrinho e chocalho, segurando o tambor. Talvez até tivesse entoado o canto de louvor ao Espírito Santo: *A pombinha vai voando/A lua a cobriu de nuvem/O Divino Espírito Santo/Pois assim desceu do céu/Meu Divino Espírito Santo/Divino Celestial/Vós na terra sois pombinha/No céu, pessoa real*. Sem dúvida, teria preferido o batuque da folia ao som metálico do grupo de barbeiros que tocava dobrados e quadrilhas com suas trompas, cornetas, clarinetes e flautas.

E teria se divertido ao descobrir a habilidade de seu amigo Edgard para a carnavalesca dança dos velhos. A letra "j", o "k", o corta-jaca ou a roda de carro ao som da folia e do tambor de Cosme, com Edgard mais cansado e feliz do que após uma noite de capoeira.

Mas não. Restou a ele a pancadaria, que logo atrairia também policiais que faziam o patrulhamento, deixando a luta mais equilibrada e violenta. Cosme teve que guardar Edgard atrás de si, que, de tanta folia e cachaça, não estava se aguentando em pé. Cosme reconhece alguns recrutados na noite da batalha da rua São José, no Tesouro do Minho. Mas ele também havia sido reconhecido pelos seus oponentes. Por causa da traição, seu amigo Cá Te Espero não estava ao seu lado em mais um rolo. E aqueles recrutados não se importavam, a memória de Cá Te Espero não lhes dizia nada. Será que sabiam por que lutavam?

Depois de distribuir algumas rasteiras, conseguiu se safar sem ser notado, subindo a ladeira de barro até a casa de seu Chiquim. Sem ser notado, era o que ele achava. Mas os acontecimentos se precipitam, e a lembrança de Cosme para a polícia ainda está muito fresca para o que está por vir.

— Linhares, Linhares... Não sei se vai dar para publicar amanhã, não. Está muito em cima. Lembre-se, dia quinze.

— Ora, estamos no meio de novembro. O que te impede, Lopes?

— Os últimos dias não têm sido fáceis. É publicação todo dia. Rui Barbosa, Quintino Bocaiuva, Silva Jardim... tenho uma fila de artigos para publicar, todos achincalhando o Imperador. Vai ter que esperar.

— Mas é justamente esse o assunto. Os militares...

— O que tem os militares?

— Corre à boca pequena que eles estão por derrubar o Imperador...

— Mas ele está em Petrópolis.

— Melhor ainda.

Acabando de atravessar o Campo de Santana, Cosme vai pensando que a carroça d'água era um bom disfarce para chegar até o Cabeça de Porco. Aproveitava para passar instruções para o próximo ataque, o jornal *O Paiz*. Mas também pensava que venda de água e cocada não iria sustentar os rebentos que estavam por chegar. Precisava arrumar um trabalho qualquer. Já se oferecera num estábulo ali perto, lugar de guarda das centenas de cavalos e burros que serviam aos bondes que cortavam toda a cidade, do largo de São Francisco a Botafogo, do alto da Tijuca ao seu largo do Estácio. Procurara trabalho também no porto, mas, tendo chegado sozinho, sem indicação, nunca era escolhido para a carga ou descarga.

Já do outro lado da rua, relinchos que vêm do lado de fora do quartel defronte à estação de trem interrompem suas preoupações e seus passos. Tropas com os mais diversos uniformes e armas, longamente perfilados e de prontidão, estão de frente para o quartel ao lado da estação de trem. Dezenas de cavaleiros vão abrindo passagem, à esquerda e à direita, para um baio que se desloca lenta e firmemente em direção ao portão, com a certeza de que se abriria antes que ele interrompesse seu trote. O que de fato acontece, obviamente após o retorno do encarregado com as garantias do comandante do quartel. Aquele senhor de barba cerrada, rijo e ereto, vai num ritmo sereno, resoluto, e não demonstra qualquer sinal das dores e aflições que o acometem naquele momento.

— Estão dizendo que o Marechal Deodoro está indo derrubar o Imperador – comenta um verdureiro sem ser perguntado, carroça apontada também para a direção do Cabeça de Porco.

— Ara! Aqui? O Imperador fica lá na Praça Quinze! Aqui não é o Paço. — Cosme balança a cabeça e retoma sua marcha, passando ao largo do quartel, sem deixar de olhar para o seu lado esquerdo, para o lado da estação de trem onde ele pisara no Rio de Janeiro pela primeira vez. *Será?*

Seu Benidito falava lá na fazenda em volta da fogueira que ele combateu na Guerra do Paraguai com um comandante Deodoro. Que ele socorreu esse comandante quando ele foi ferido e voltou pro Brasil mais seu Bartolomeu. Voltaram livre. Deve ser ele. Ara, que deve ser. E agora ele tá aqui, comandando no Rio de Janeiro.

E se for verdade? E se aquele comandante estiver prendendo o Imperador e a futura Imperatriz? O que vai ser de nós? Voltar pra senzala? Tanta luta pra isso? Porque, se foi ele que deu a liberdade pra nós e tiram ele, a escravidão volta. Será? Tanto sofrimento trabalhando no sol, às vezes no chicote, pro sinhô ficar rico! Vai voltar? Não pode, não é certo. Mas não deve ser, não pode ser. Jornalista, dono de fazenda, militar, ninguém gosta do Imperador. Só os pretos. Mas tem tanto boato nessa cidade, deve ser mais um.

Esses pensamentos foram afastados como se afastam as moscas. Cosme não se desviou de sua rota, e os recados para a reunião foram passados no Cabeça de Porco. O sucesso do empastelamento anterior havia atraído mais adeptos, inclusive integrantes da Guarda Negra. O grupo era grande, e o estrago prometia. A movimentação nos dias seguintes, porém, com tropas por todos os cantos da cidade e especialmente no Centro, frustrou os planos daqueles nagoas independentes. Ninguém apareceu nos encontros, receosos da presença ostensiva das, agora, forças republicanas.

Novos tempos, novo regime, novo governo, novos inimigos. Não tardou para que a polícia se reinventasse e visse alguns antigos capoeiras aliados como a ralé a ser varrida, sem concessões nem alianças espúrias. Total intolerância do poder com aqueles que muitas vezes foram o braço estendido dos políticos contra os seus inimigos de ocasião. Não havia mais nagoa ou guaiamum, preto ou branco, aliado ou inimigo, brasileiro ou português. Havia capoeiras. Havia inimigos da coisa pública. E um velho inimigo dos inimigos da coisa pública tinha todo o poder em suas mãos.

— O rol com os nomes e endereços para hoje à noite já está pronto, Meireles? Você não mostrou para ninguém, correto? Deixe-me ver. Não, esses não. O caminho das Laranjeiras fica muito longe do Estácio e da Aclamação. Quando é que vão mudar esse nome, hein, Meireles? Aclamação agora é para a República! Bem, o que eu estava falando mesmo? Ah, sim... Vai dificultar o deslocamento e não vamos dar conta de tantas prisões numa noite só. Deixa para outro dia. Sejamos organizados, Meireles.

— Sim, doutor Cava... doutor Sampaio. Vinte homens, duas gaiolas.

— O que você disse, Meireles?

— Vinte homens e duas gaiolas, doutor. — Mesmo naquela tarde-noite amena, Meireles seca a testa.

Depois de anos denunciando capoeiras, prendendo alguns e vendo muitos serem libertos pelos meandros da lei e da política, o antigo promotor de justiça vê sua dedicação ser recompensada nada mais nada menos que por Deodoro da Fonseca, com carta branca para extirpar da sociedade carioca aqueles que eram considerados a maior mácula da capital: os capoeiras. O irremovível cavanhaque, combinado com uma personalidade forte, rendeu a João Batista Sampaio Ferraz um justo apelido: Cavanhaque de Aço. Fizesse parte da elite ou da ralé, brasileiro ou português, de Santana ou Santa Luzia, se tivesse fama de capoeira, seria alvo do chefe de polícia. Amparo legal era o de menos, o apoio político direto do militar-presidente era plena garantia para os desmandos do outrora promotor da lei. E aquela noite era só mais uma.

— Cuidado, não sabemos se tem mais alguém aí dentro. Pode ser um covil...

— Nada, nenhum barulho. Ou estão dormindo ou não tem ninguém. — Aos sussurros, Meireles e seu subordinado tentam se fazer entender.

No entorno do casebre de pau a pique, mesmo armados de carabinas e cassetetes, vinte policiais aguardavam, pensando nas rasteiras e patanas que tantas vezes receberam. Porém, lá de dentro, secundados por Meireles, saem um preto velho, uma mulher em gravidez avançada e um homem de mãos na cabeça, de quem se vê sob a parca luz um brilho de sangue no canto da boca.

— Cosme, capoeira de Santana, o senhor está preso por ordem do Chefe de Polícia. E nada de mandinga, hein, seu feiticeiro. — Meireles empurra Cosme, enquanto olha para seu Chiquim, consolo da quase desfalecida Merenciana, que segura a barriga instintivamente, por medo de que os ibejis rebentassem antes do tempo.

Dentro da gaiola de madeira, outros capoeiras estão à espera. Não reconhece a maioria, apenas alguns de vista: uns, por terem lutado do seu lado; outros, com quem havia trocado socos e rabos de arraia. Agora, por obra e graça do Cavanhaque de Aço, estão todos do mesmo lado, nagoas e guaiamuns.

Não se anima a falar com ninguém. Cabeça baixa, talvez para esconder as lágrimas, talvez a vergonha, não sabe quanto tempo sacolejou até ser descido em direção à porta da chefia de polícia. Após um breve interrogatório, nome, endereço, filiação, aguarda algumas horas até retornar para a gaiola. Mais refeito, reconhece o trajeto tantas vezes feito à frente da sua carroça d'água ou debaixo do tabuleiro de doces de Merenciana. Rua do Conde, Casa de Detenção, seu mais novo e breve endereço. Outro tanto de horas e novo deslocamento não sabia para onde. Desta vez, alguém questiona e surpreendentemente recebe uma resposta: cais. Diante do inconfundível chafariz de Mestre Valentim, pergunta-se por que não disseram Praça Dom Pedro II. Nova pergunta, nova resposta, Fortaleza de Santa Cruz. Sente que a cada embarque se distancia ainda mais de seu bairro, de sua casa, de seu Chiquim, de sua Merenciana. Sentimento premonitório, dali a alguns dias essa distância vai se tornar imensurável para ele: será o único desembarque em anos, com os seus pés pisando as águas mornas de Fernando de Noronha.

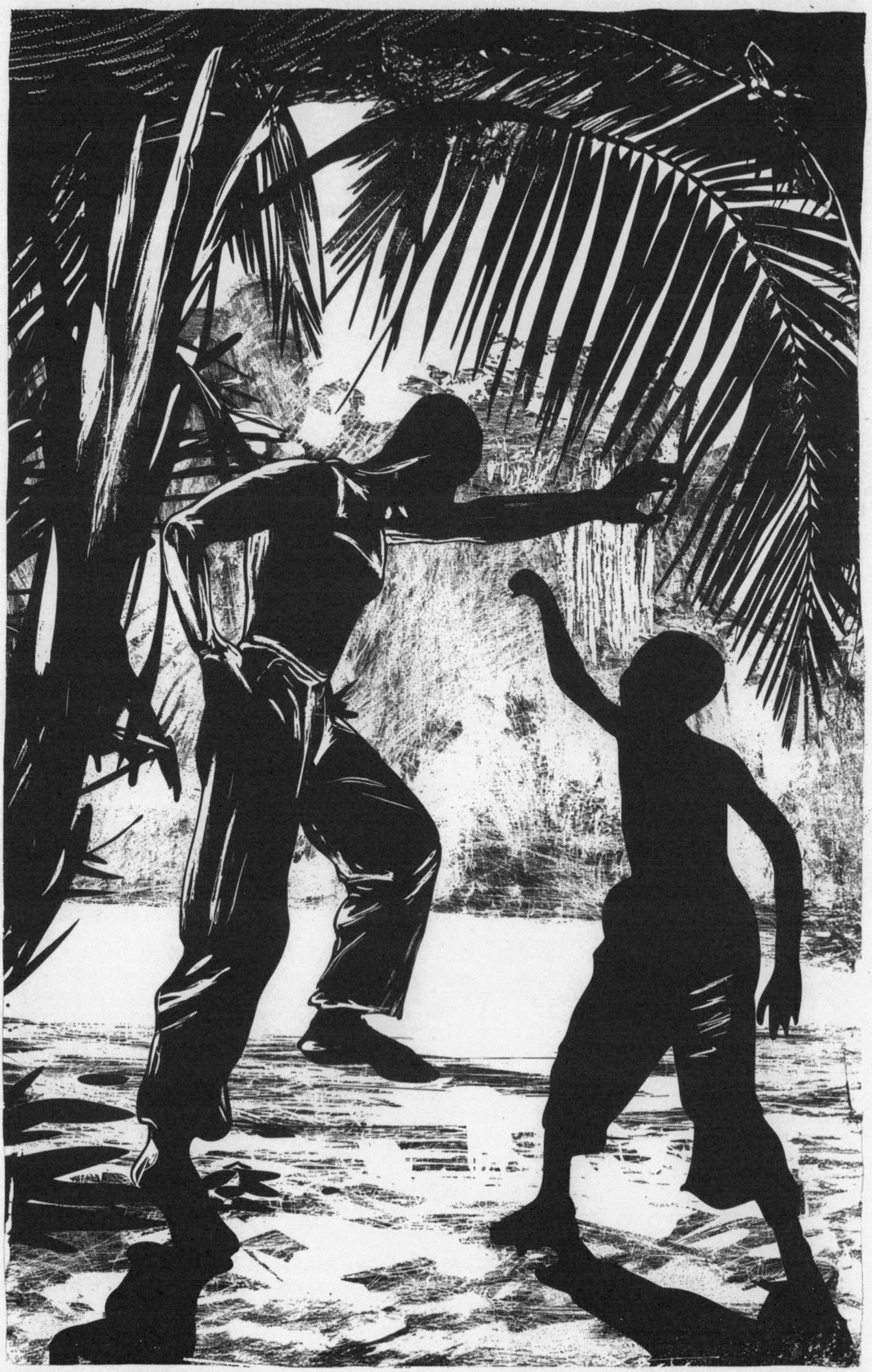

PARTE III

Merenciana, com a folga que o breve sono dos meninos lhe dá, prepara o terreiro. Banquetas espalhadas em semicírculo. Alecrim, arruda, manjericão, erva-doce e outras ervas amontoadas ao lado do banco de seu Chiquim. Rum introduz, rumpi responde. Pouca gente na assistência, apenas dois dos atabaques sendo tocados, as novas leis do novo regime afastando os habituais, inclusive os capoeiras que evitam seus locais de sempre. Mas Merenciana não se engana, entre os poucos presentes, o policial que tentou forçá-la dentro da delegacia onde Cá Te Espero morreu. É o primeiro a receber consulta.

— Essas dô na costela, ventre mar, num durme... tem esprito ruim em suncê. Pisada na barriga, nas costela do homem fraco... Ruindade... Pega as foia, macega i faiz beberage toda manhã. Aruda na oreia. Muita mardade qui suncê feiz, moço de farda... agora esprito atrais de suncê...

— Moço de farda? Quem te disse que eu uso farda, malandro? Quem te disse? Eu conheço seu tipo, embusteiro.

Seu Chiquim, curvado pela idade e pela posição, é derrubado do tronco onde sempre se sentava para as consultas. Cachimbo para um lado, ervas para o outro, fica sem conseguir reagir ao que se segue: cacos de santos, tambores rachados ao meio, princípio de incêndio. O revólver em punho afasta qualquer um que pense em se aproximar.

— Bando de feiticeiros. Vou levar vocês todos pra delegacia. Curandeirismo, artigo cento e cinquenta e sete. Foi-se o tempo da tolerância, seus feiticeiros!

Merenciana, filhos enganchados nos quadris, corre em direção à mata.

— Vem cá, sua mulher de capoeira! Vem cá! — Entre uma fila de detidos para conduzir à delegacia e uma mulher com dois bebês de colo, escolhe a primeira opção e parte morro abaixo.

Merenciana vai morro acima. Durante muito tempo, não se detém. A luz daquela lua crescente não é suficiente para guiá-la e lanha-se em várias partes do corpo, chegando mesmo a ferir um de seus bebês. Diminui o passo, mas não cessa um só momento até perceber o dia que vem chegando. Sabe que está longe da casa de seu Chiquim e não sabe o caminho de volta. Vaga pelos fundos dos quintais das chácaras, uma manga ou goiaba ainda verde para dentro, água de córrego bebida sem alternativa. Toma coragem para pedir quando a sede e a fome ficam insuportáveis, mas mesmo os bebês não são capazes de sensibilizar quem os encontra. Mas ainda tem leite, suas crianças vão aguentar. Vão aguentar? Até quando? Tinha sido muito duro até ali, seu Chiquim sendo por demais acolhedor com suas crianças, sem Cosme. Mas, e agora?

— Toma, Inácio, você mamou primeiro da outra vez. Toma. Espera um tiquinho, Manoel, não consigo dar peito pros dois junto.

Merenciana vai se desdobrando entre os bebês. As pernas doem, os braços doem, a cabeça dói, o estômago dói. Troca de peito, mas Inácio não para de chorar. Troca de novo, o choro continua, mais forte. Espera um pouco, volta à amamentação. Nada. Tenta apertando o seio. Nada. Tenta, tenta, tenta. A noite chega e, madrugada afora, tenta. Depois de tanta caminhada e choro, um vidro de leite na soleira de uma porta é a salvação momentânea.

— A roda, preciso achar a roda. — Merenciana fala sozinha em voz alta, o que atrai a atenção de um lixeiro. — Onde fica a roda, moço?

Recebe a indicação dada com a ponta da vassoura e segue. Tem pressa, não quer ser flagrada pelos raios do sol. Vai margeando o comprido muro da Santa Casa de Misericórdia, até encontrar uma reentrância. Para de frente à roda. Que bom, ambos dormem, leite de vaca nos estômagos. Troca-os de braços. Troca de novo. Tenta esquecer quem é quem. Estende o da esquerda e o deposita sem hesitação na madeira fria. Equilibrando o da direita, empurra a roda. Antes que Merenciana pudesse se recompor, um sino toca automaticamente. Olha na direção da roda, vira as costas e parte.

A roda retorna à posição original e a bocarra sem dentes resta vazia, à espera.

O cesto está vazio em cima da pequena ripa que serve de balcão. Motivo de estranhamento para quem chega, àquela hora costumava ter duas dúzias de ovos à espera dos fregueses.

— O que aconteceu, Ribamar? As galinhas fugiram?

— Fugiram! Só pode ter sido o cachorro do Zé Maria. Tem sangue e pena pra tudo que é lado na porta do galinheiro. Mas eu vou cobrar dele. Ora se vou.

— E agora?

— Já botei os menino atrás das galinha. Ainda farta oito. Veja só! Eu vou cobrar dele. O que você tá fazendo aqui que ainda não pegou as outras galinha, Raimundo? Vai, só vorta com as outras.
— O vendeiro enxota o filho.

— Não se aperreie, Ribamar. Já viu galinha cruzar o mar? Só se pegar um barco. — Nisso, Cosme olha na direção da praia. — Que barco é aquele, Ribamar?

— É da Armada. E é bem grande. Chegou ontem de tarde. Um marinheiro disse que vai descer o litoral até o Rio Grande do Sul. Isso é longe, não é?

— Deve ser, Ribamar. Deve ser... — Cosme vagueia. Os pensamentos de todas as noites voltam sob o sol escaldante. Aquele barco ali, reavivando sua vontade de voltar para o Rio de Janeiro, encontrar Merenciana e os filhos. Como serão? Será que já falam? Será menino? Será menina? Ou um de cada? Tinha ibeji diferente um do outro, menino e menina. Mas também tinha os iguais. Valente que nem o pai e bonito que nem a mãe. Quem sabe?

Alguns anos e Cosme passa a gozar de alguns privilégios no presídio, como andar pela vila sem ter hora para se recolher. De início, a lavoura, o mais penoso dos serviços daquele estabelecimento que se queria por modelo dos novos tempos republicanos. Mas as plantações de feijão, milho e mandioca vinham de velhos tempos. Insistência muito mais pela ocupação da mão de obra e sua submissão do que propriamente para gerar renda ou alimentação para as centenas de presidiários e seus vigias. Ratos trazidos pelos navios, insetos e roedores da própria ilha, clima extremamente quente e solo arenoso, tudo concorria para que a produção fosse absolutamente irrisória. E os furtos. E os desvios.

— Cosme, larga essa enxada aí que o tenente está chamando.

Alguns meses após a chegada cavucando as pedras da ilha e Cosme é promovido a serviçal de oficial. Botas brilhantes, uniforme sempre impecável, exigências para que se passasse despercebido diante dos patrões. A gameleira silenciosa do centro da praça e à vista de todos era ameaça e destino para os serviços mal executados.

— Amarra ele no tronco, soldado! Esse pituba vai aprender a nunca mais dormir em serviço. Aplica vinte, no capricho! — O tenente ordena e sai, indiferente aos gemidos que começam a ecoar antes que ele possa fechar a janela de sua sala.

O tronco da fazenda, a gameleira do presídio. Via agora com constância aquilo que só ouvira falar na fazenda. E Cosme pediu para voltar para a lavoura. Mesmo trabalhando todas as horas entre o nascente e o poente, aquele serviço ele conhecia bem. Mas nada feito.

As costas lanhadas, escorridas em vermelho, em sangue, os velhos novos castigos, quem dá conta de tantos presos incorrigíveis sem um corretivo drástico? Afinal, uma ruga num uniforme republicano é inaceitável.

E não era só o tenente, comandante do presídio. Sargentos, e até cabos, possuíam seus presidiários-serviçais. A mão de obra gratuita e abundante a serviço do tráfico de alimentos e bebidas que supriam a sempre deficitária fonte governamental. Um círculo vicioso de ineficiência e preços extorsivos, enriquecendo militares e alguns presidiários, e explorando os outros presidiários e nativos. Mas não só.

Mesmo as necessidades sexuais, aqui intermediadas por militares-cafetões, eram fonte de ganho. Escândalo na capital, normalidade naquela ilha equatorial cercada de melancolia e corrupção por todos os lados. Ou isso ou a sodomia. Ou o celibato. Outro burburinho na capital, mais um elemento da paisagem de Fernando de Noronha.

Limites na fazenda, limites no presídio. Carreiras de pés de café, horizonte de água salgada. Sempre os homens encurtando a visão de outros homens. Mas à limitação das fronteiras se opunham o desejo e a imaginação. Escravizado, presidiário, há sempre a esperança, nem sempre realizada.

Cosme subia e descia os morros nas horas vagas, que eram muitas. Ter sempre o mar no horizonte a perder de vista desencorajava-o. Mas aquele barco fundeado na baía, mansidão ao ritmo das marés, pedindo para ser navegado. Aquela visão descompassava seu coração, tomado pela ideia de retornar ao Rio de Janeiro.

— Quando ele vai embora, Ribamar?

— Amanhã de manhã.

Noite de lua nova e maré baixa naquela praia abrigada da baía. Nos casebres dos vigias, clima quente e cachaça dada de bom grado por Cosme, comprada com seus poucos mil réis na venda do Ribamar, fazem as horas de alegria de Juca e Antônio. Cosme espera a cantoria passar, sinal de que o sono tomou conta do ambiente. Boiando e se deslocando sem braçadas, a corda da âncora servindo para a escalada. Convés alcançado, tudo de que precisava estava à sua frente: a porta para o depósito do navio.

Cinco dias seguidos de mar por todos os lados, a costa é apenas uma fina barra ao longe. Sem se deter, aquela ilha de madeira flutuante parecia ter uma missão urgente a cumprir, rumo sul.

— Que cheiro é esse? Esses marinheiros esqueceram que pra cagar tem que sentar na murada e fazer no mar? Arre! — Enquanto reclama, o taifeiro vai arredando os tonéis vazios de água até visualizar uma carapinha. — Ora, o que temos aqui? Quem é você? Saia daí! Anda!

Nada a fazer, Cosme sai de trás dos tonéis, nu da cintura para cima, olhos cravados no chão. Sem hesitar, responde à primeira pergunta:

— Ribamar.

— E você subiu em Fernando de Noronha, não foi, Ribamar?

— ...

— Fugido do presídio, certo? O capitão vai gostar da novidade. Pro convés, anda. Se você foi mandado pra Fernando de Noronha, é inimigo do Governo. Logo, nosso amigo.

— Cosme? É você, Cosme? Cosme!

O fiapo de voz vindo de alguém que se encontra recolhida na porta da igreja não foi ouvido. Mas Merenciana não se dá por vencida. Entre levantar-se do chão e ajeitar criança e embornal entre os braços, lá se vão vários metros de distância que um leve coxear não ajuda a vencer. Consegue finalmente segurar o homem pelo pulso que, assustado, rechaça:

— Quê isso! Quem é vo...

— Não me conhece mais, Cosme? Merenciana!

— Merenciana? Eu não sou o Cosme.

— Claro que é! Cosme!

— Eu sou o Damião.

O silêncio se impõe. O olhar de Merenciana, cortante no início, aos poucos vai se desanuviando, os músculos da face relaxam e em seguida se contraem novamente. Lágrimas e choro convulsivo expõem toda a sua fragilidade: o paradeiro desconhecido de Cosme, a entrega do filho (Inácio ou Manoel?), a sua nova casa: a rua.

— Eu procurei sunceis tanto... No Campo de Santana, no Estácio, era sunceis sempre partindo antes d'eu chegar. E agora, qui é de Cosme?

O estado mendicante de Merenciana e a resposta com a cabeça dispensavam qualquer pergunta a mais. Caminham juntos, Damião vai atualizando Merenciana de tudo que aconteceu na fazenda desde a sua partida.

— Aquele dia foi muito triste, Merenciana. Os escravo fugiro tudo. Só os mais veio ficaro. Dispois uns vortaro. O sinhô sinforcô, eu tirei o Barão do arto, os pé pindurado no ar. Ele tava frio e duro... Agora tá cheio de boi no pasto. Derrubamo os pé di café que tava seco, fizemo um currar maió, agora eu tiro leite, ih, ih. Agora é leite com café, antes era só café, alembra, Merenciana? Sinhazinha Tonica casô com fio do dono da venda. Alembra do Filipe, Merenciana? Sinhazinha tá di barrigão. O Barão dizia que a janta só ia sair dispois do café e do armoço. Ih! Ih! Ih! Sinhá leu sua carta pra nois, isquerveu di vorta, mais num teve resposta. Eu vi quando Prudenti robô a carta e fiquei de olho nele. Eli vei atrais di sunceis, i eu vim junto, no vagão do trem, iscondido, di butuca nele. Mais num achemo sunceis i vortemo. Prudenti é mar, muito mar.

— Cosme matou Miguel na fuga, Damião. Por isso ele veio atrás de nós. — Merenciana ouve apenas partes do monólogo de Damião.

— Intão foi Cosme qui matô Miguel, Merenciana?

— Foi, mas não tinha jeito, Miguel ia matar ele. Foi de defesa, Damião.

— Prudenti e Miguer era invertido, Merenciana, qui nem casar. Durmia no mermo carto, sisfregava nos cafezar i achava qui ninguém via, mais nois tinha muito olho, Merenciana. Sinhá tá trabaiando muito mais as sinhazinha. Dero parte do pasto di meia com os vizinho, vendero joia, prataria i tá pagando dívida do banco. O banco ceitô prolongá a dívida, viu sinhazinha trabaiando, os cafezar dirrubado, o Barão morto... Agora o eito é nos currar i no pasto. E um pôco de café. Eu tomém arranjei terrinha qui sinhá deu pra prantá i criá di meia, Merenciana. Ajeitei tudo i dispois dexei pra Vicentina. É qui ingracei di Isabé, i Isabé ingraçô di mim. I vô casá tomém. Vô casá mais Isabé. Um dia uma visita di passagem disse qui o porto tava percisando di homi forte. Minha isperança era encontrá sunceis. Vim aqui, gostei do Rio. Arranjei trabaio i chamei Isabé. Vô trazê Isabé pra casá na igreja di Santa Ifigênia e São Elesbão, santos preto.

Aos poucos, Merenciana vai reconhecendo os caminhos que ela tanto cruzou e que agora evitava por vergonha.

— Eu não vou aí não.

— Mais é aqui qui eu moro, Merenciana. Vem cumigo. Suncê mais meu sobrinho toma um banho, tem coisa di cumê no fogão.

Merenciana se rende. Lê o letreiro de ferro: Vila de São Pedro dos Açores. Respira fundo e volta a pisar no seu primeiro abrigo em terras cariocas. As mesmas tinas, a mesma bica, as mesmas portas gastas. E a sorte de não encontrar ninguém nos corredores ou nas soleiras àquela hora.

— Merenciana, a casa é sua. Eu vô trabaiá e vorto di noiti. Percisa de alguma coisa?

Só um banho, uma comida quente, uma esteira e o sono profundo ao lado de seu filho.

Cinco dias de espera na entrada da baía. O convés daquele barco nunca foi tão limpo, trabalhar era a melhor forma de fazer passar o tempo e esquecer as causas de tanta ansiedade. Ficar mareado era passado. Após várias semanas em alto-mar, blindara seu estômago.

Ali, o chicote havia sido substituído por varas de marmelo e um instrumento até então desconhecido lhe havia sido apresentado. Um pedaço de madeira grossa, com cinco furos no meio e atado a um cabo capaz de fazer arriar o mais forte dos marinheiros. Bastava um olhar ou uma palavra mal-colocada para aquela peça cair veloz e pesada sobre a mão do ousado: a palmatória. Pudesse Cosme escolher, e a vara de marmelo teria sido acionada em seu lugar. Uma simples contestação, "o convés já foi lavado hoje?", para aquele dia ficar muito tempo em sua memória. E logo na chegada ao Rio de Janeiro.

E aquele mar sobre o qual Pai Chico tantas vezes falara ao lado da fogueira. O mar que tanto o amedrontara na travessia, homem tem que viver e morrer em terra firme, desafiado e vencido por um descendente seu, o mergulho, me ajuda, Pai Chico. Pai sim, linhagem do coração. Descendente e companheiro de sina, o destino que se escolhe e se comparte. As braçadas. Superação de uma barreira atávica, que só a ligação ancestral de passado, presente e futuro permite. "E a maré, Iemanjá?", favorecendo sua chegada à praia de Copacabana. O mergulho no escuro, as braçadas. Não havia tempo para o cansaço. A caminhada noite adentro, trôpega, errática e determinada, leva-o em frente.

— Preciso encontrar Edgard.

Merenciana, escondida pelas roupas estendidas no fundo do cortiço, debruça-se sobre a tina de roupas. Concentrada, esquece seu filho. Súbito, sobressalta-se. E os lençóis levantam-se; alguns diriam que foi um pé de vento, mostrando Inácio, ou seria Manoel, esgueirando-se com uma estrela do rabo de arraia de Cosme.

FONTE Bookmania Light
PAPEL Pólen Natural 80 g/m²
IMPRESSÃO Paym